Cherche-love.com

Du même auteur

Première Édition

L'absolu (*1999 - Indisponible*)

C'est sur une page blanche... *(2004 - Indisponible)*

Je ne garde de toi, que cette blessure de moi... *(2004)*

Mémoires collectives *(2005 - Indisponible)*

Back To China *(2005 — Indisponible)*

De toi... *(À paraître)*

Réédition via Rhéartis

Je ne garde de toi, que cette blessure de moi... *(2010)*

Incluant « Devant Soi » et « l'Absolu »

C'est sur une page blanche... *(2010)*

Maxime Li Ham Devis

Cherche-love.com

Pièce jouée

Éditions Rhéartis

Collection l'Arrogance des Mots

ISBN : 978-2-9535-9389-1

Sommaire

SCÈNE 0 : AVANT PROPOS 15

SCÈNE 1 : ON PLANTE LE DÉCOR... 19

SCÈNE 2 : ORGANISER LA TRAQUE SUR LE Net............................ 23

SCÈNE 3 : AFFINER SES CRITÈRES 29

SCÈNE 4 : SAVOIR À QUOI S'ATTENDRE.. 35

SCÈNE 5 : FAIRE DU NEUF AVEC DU VIEUX 41

SCÈNE 6 : BAISSER SES PRÉTENTIONS 49

SCÈNE 7 : ORGANISER DES TROCS PARTIES............................... 57

SCÈNE 8 : MISER SUR LES VALEURS REFUGES............................. 63

SCÈNE 9 : TAPER DANS LE LOW COST 77

SCÈNE 10 : RAPIÉCER CE QUI PEUT ENCORE L'ÊTRE 81

SCÈNE 11 : ARROSER SA PLANTE 87

SCÈNE 12 : CUSTOMISER 91

SCÈNE 13 : COMPENSER.. 93

SCÈNE 14 : SE METTRE AU RÉGIME SEC 97

SCÈNE 15 : LA RENCONTRE 101

SCÈNE 16 : SOMEONE LIKE YOU (FINAL) 107

Remerciements

À vous tous, pour avoir été là dans les bons et les mauvais moments de ma vie.

À vous, qui m'avez au travers de nombreuses conversations, donné la force d'écrire ce *« moment »,* à vous encore qui vivez ces lignes…

De nombreuses personnes se reconnaîtront, j'espère juste qu'elles pourront comprendre le message qui est distillé au travers de chaque ligne et voir l'ironie au lieu du négatif.

Merci à toi enfin, car sans toi je n'aurai jamais su qu'il fallait aimer bien plus et mieux que cela…

Dédicace

À Tiny Alien

Pour tout ce qu'il a été, est... Sera...

À toutes tes joies, tes peines

Qui trouveront un jour le vrai bonheur.

Ce livre est pour toi.

SCÈNE 0 : AVANT PROPOS

(Ouverture sur la chanson *« Le bonheur »* de Berry)

Cette pièce est une particularité, à la croisée des chemins de ma vie personnelle... Je pense, du moins je me plais à y croire : il n'y a pas de hasard à ce que nous vivons chaque jour... Peut-être, suis-je naïf de penser que quelqu'un nous attend quelque part et que nos rencontres ne sont que les fruits de ces « attentes ». N'avais-je pas dit que parfois celles-ci sont vaines et inutiles ? Malgré tout, j'y crois encore...

On croise le chemin de personnes formidables, qui l'espace d'un instant, nous ensorcellent. On s'enivre de leurs mots... Parfois, on avance avec elles, souvent nous les « perdons », mais nous gardons en nous la richesse de ce que nous avons vécu l'espace de cet instant... Cette empreinte, souvent indélébile, qui au-delà de la souffrance et du temps, nous prouve de manière intense que nous avons été sincères à chaque moment, car nous souffrons de la déchirure, du manque et de l'absence.

La rupture fait mal, car elle nous blesse... Nous laissant en ruine, pour la plupart du temps... Mais nous occultons, à tort ou à raison, que la ruine est notre plus beau trésor ! La ruine est un cadeau, comme le dit l'auteur du superbe livre **« Mange, Prie, Aime »**, à qui je vais emprunter cette phrase pour illustrer au mieux mon propos :

« Nous voulons tous que les choses restent les mêmes, nous résoudre à vivre malheureux par peur du changement, par peur que les choses tombent en ruine. Peut-être que ma vie n'a pas été si chaotique finalement et que c'est juste le monde qui nous entoure qui l'est. Peut-être que le véritable piège c'est de s'accrocher à quoi que ce soit qui fasse partie de ce chaos ou de ce monde qui nous entoure. La ruine est un cadeau, la ruine est la voie vers la transformation. Nous devons toujours être prêts à des vagues de transformations sans fin... Et tous deux, nous méritons mieux que de rester ensemble seulement parce que nous avons peur d'être détruits autrement... ».

Vous et moi, avons tous vécu une histoire qui nous profondément changé... Anéanti ou bouleversé... Et malgré l'absence et le manque de cette personne, nous devons nous efforcer de continuer à avancer... Il faut du temps pour oublier, cicatriser ces douloureuses blessures... Et puis un jour, alors qu'on ne s'y attend plus, un autre regard, un sourire, nous pousse à faire un pas de plus sur ce grand chemin, qu'est la vie... On réapprend, par la force des choses, à s'aimer soi-même, avant de comprendre que sans cette étape, on ne peut aimer une autre personne...

À la fin, tout finit par s'arranger, paraît-il. On retrouve

notre plus grand amour… Et si ce n'est pas le cas, alors, c'est que l'histoire n'est pas finie…

À Toi, qui se reconnaîtra sans nul doute, au travers de ces lignes… Pour tout ce tu m'as apporté et appris, l'espace d'un instant, l'espace d'une vie, qui n'aura duré, comme tu plais à le dire, que quatre mois…

SCÈNE 1 : ON PLANTE LE DÉCOR

Ouverture :

« Nous voulons tous que les choses restent les mêmes, nous résoudre à vivre malheureux par peur du changement, par peur que les choses tombent en ruine. Peut-être que ma vie n'a pas été si chaotique finalement et que c'est juste le monde qui nous entoure qui l'est. Peut-être que le véritable piège c'est de s'accrocher à quoi que ce soit qui fasse partie de ce chaos ou de ce monde qui nous entoure. La ruine est un cadeau, la ruine est la voie vers la transformation. Nous devons toujours être prêts à des vagues de transformations sans fin... Et tous deux, nous méritons mieux que de rester ensemble seulement parce que nous avons peur d'être détruits autrement... »

Nous voilà bien lotis à l'aube de la trentaine, alors que nous regardons déjà derrière nous avec regret et devant soi avec crainte... À l'approche de la trentaine, ou tout simplement une fois que l'on a passé ce cap, on se pose mille questions que jamais auparavant on n'avait eu le courage de se poser...

Je me rappelle, pas plus tard qu'hier, j'étais encore jeune... Oui OK c'est dans la tête tout ça ! Mais quand même ! Tenez ! Vous avez fait le test rien que pour voir ?! Quel test ? Mais il est simple ! Mettez une photo de vous quand vous aviez vingt ans et créez-vous un compte sur un site de rencontres ! En moins de vingt minutes, vous décrochez une vingtaine de rendez-vous... Faites le même test, sur un autre site... vingt-cinq ans à présent... Puis un troisième... Trente ans... Vous verrez, comme vous êtes moins attractif tout à coup...

Chaque jour, je croise dans le cadre de mon travail des personnes sortant d'une longue histoire et complètement abattues... Meurtries pour la plupart et ne sachant pas comment faire pour retrouver à leur âge « avancé », quelqu'un a aimer... Pas facile, pour une mère célibataire et trois enfants à charge, d'arriver à attirer encore un homme... D'ailleurs, comment faire, quand on a entièrement perdu le peu d'estime de soi qui nous reste ? Cette légère fierté de se sentir aimé, qui s'est envolé avec ce salaud qui nous a lâchement abandonnés avec la première passée sous son nez, me demandent-elles ? Comment, pourrais-je avoir un début de réponse, moi qui n'ai jamais cru, jusqu'à toi que je puisse un jour aimer ?

Alors évidemment, je ne vais pas vous mentir, quand moi aussi je me suis retrouvé seul, il a fallu tenter de recoller les morceaux et les photos... Apprendre à avancer sans toi, ne fut pas sans embûche... Comme elles, je suis tombé... Comme elles je t'ai attendu derrière ma fenêtre, comme elles j'ai allumé chaque soir une bougie sur ma fenêtre, mais tu n'es jamais revenue... Je te voyais à distance, continuer de grandir et d'avancer dans les bras de ces autres... Jamais un instant, j'aurai imaginé que toi aussi tu souffrais... L'égoïsme de ces situations nous pousse toujours à considérer notre propre peine et à occulter celle de l'autre... Quand le vase est cassé, me disais-tu... Même en le recollant, plus rien ne sera jamais pareil...

Heureusement quand on tombe, une main amicale arrive toujours à nous rattraper avant qu'il ne soit trop tard... Il m'aura fallu pas loin de neuf mois de ténèbres, pour commencer à comprendre que la fin d'un amour ne signifie pas la fin de notre vie... Il aura fallu, toutes ces épreuves, tout perdre... Et bien plus encore, pour qu'à présent je me sente libre... Que je puisse te considérer, sans pleurer, comme le plus beau de mes souvenirs ou la plus belle parenthèse... Il aura fallu, que je retrouve le chemin du moi, que j'avais perdu jadis, un après-midi d'avril, quand j'ai décidé de mettre ma vie entre tes mains, pour que je me décide, un soir de Mai, près de deux ans après, de reprendre ma vie en main, et que je puisse à nouveau être aimé...

Alors, je me suis demandé par où commencer ? Mon cœur n'avait pas ressenti d'envie particulière depuis tant de temps... Je me suis vaguement souvenu, de ce livre ou de ce film qu'importe *« Mange, Prie, Aime... »*.

Et je me suis dit que c'était un bon point de départ pour tenter de remettre de l'ordre dans ma vie... Ne pas refaire les mêmes erreurs... En même temps, avec l'âge on devient plus sélectif... On a dès lors qu'une envie, trouver la bonne personne... Sortir ? Non, je ne suis pas fan de cette idée... Alors comme tout homme de ma génération, un peu branché informatique j'ai décidé la facilité : Internet !

SCÈNE 2 :
ORGANISER LA TRAQUE SUR LE Net

« Selon l'INSEE, chaque jour en France, 41 % de la population, soit plus de 26 millions de célibataires, cherchent le grand amour. **Best-Rencontre.com** *vous propose un comparatif des meilleurs sites de rencontres afin de trouver rapidement votre âme sœur. »*

Nous voilà donc attablés un soir de pluie ou pas d'ailleurs, devant votre PC, tablette ou votre mobile, qu'importe ! Tranquillement lové dans le canapé ou planqué dans les toilettes, pour ceux qui sont en couple et à la recherche d'un brunch. Le téléphone inévitablement ne sonne pas et pourtant vous avez vérifié il n'est pas en silencieux !

Ni en vibreur ! De toute manière, ce n'est pas avec le flot d'appels que vous recevez qu'il vous déclenchera un orgasme...

Il faut se rendre à l'évidence, et cela en feuilletant les pages de votre agenda... Le constat est des plus dramatique, car deux options s'imposent à vous :

1. Vous avez manifestement couché ou entretenu au minimum, une relation buccale avec la plupart des inscrits !
2. Si ce n'est pas le cas, il s'agit de vos amis proches, bien que cette option n'exclue pas la première... Ou de votre famille, et alors là ça craints !

Alors que faire ? Attendre qu'un éclair de génie vous percute ? Qu'un ou une de vos ex se réveillent et retrouve la mémoire et par la même occasion votre numéro ? En même temps vu la manière dont vous vous y êtes pris pour vous en débarrasser ! Avouez que la probabilité d'une telle éventualité est plus proche du fantasme que de la réalité !

Tenez ! Vous savez que selon l'INSEE, chaque jour en France, **41 % de la population soit plus de 26 millions de célibataires cherchent le grand amour** ?

Ça vous en bouche un coin ! En même temps, c'est rassurant de se savoir moins seul... Non, c'est vrai, car pour beaucoup le célibat c'est vécu un peu comme si on avait la lèpre !

Alors la plupart commencent, à traquer dès le matin avec le footing, d'autres à la boulangerie, d'autres encore dans les transports en commun... Chacun à sa méthode, bonne ou mauvaise, peu importe l'essentiel, c'est de trouver quelqu'un ! Mais le plus extraordinaire, c'est que j'ai appris en lisant un magazine féminin, qui a été laissé par ma voisine de ce matin sur son siège, qu'il existe un site, **Best-Rencontre.com** qui vous propose un comparatif des meilleurs sites de rencontres, afin de trouver rapidement votre âme sœur !

Ce site, à en lire le commentaire, est un peu comme la

bonne copine qui vous fait partager ses bons plans... Enfin, ses restes...

Et si finalement c'était ça la solution au célibat ? Et si la technologie, et plus particulièrement Internet, était devenue l'endroit IN où pour nous, célibataires, on se doit d'être ?

Après tout, on a déjà tout essayé !

Le cercle d'amis, vous l'avez si bien élargi et c'est sans jeux de mots, si bien que vos ex se retrouvent en couple avec vos potes *(votre côté altruiste vous aura au moins servi à ça...)* : faire en sorte que deux paumés fassent un trouvé...

Les endroits publics, tels que les supermarchés, les bars, les restaurants et les discothèques vous les avez faits aussi, sans succès ! Votre carte bleue est d'ailleurs, votre meilleur alibi ! Elle a bu la tasse un nombre incalculable de fois, pendant que vous ramiez pour vous dégoter quelqu'un à ramener dans votre lit !

D'ailleurs, entre nous, s'ils cherchent un auteur pour le guide du routard *« spécial lieux de drague »,* vous pouvez d'ores et déjà postuler...

Non, mais c'est vrai ! En toute honnêteté, il ne vous reste plus que le Net comme terrain de chasse ! Surtout, que le Net, ça a un avantage de taille ! On peut choisir à qui on veut parler ! Et au mieux, « mater » la marchandise avant de se prononcer pour une éventuelle rencontre, qui évidemment se fera quand vous l'aurez décidé et selon vos conditions ! D'ailleurs, avec le Net, on se demande s'il existe encore des agences matrimoniales…

Bon alors certes la pêche n'est pas toujours des plus miraculeuses, mais votre meilleure amie s'est trouvé un Jules grâce à Meetic. Par un savant jeu de filtre, elle a pu trouver son homme idéal, un peu comme on choisirait un meuble Ikea ou une voiture que l'on décide de monter en kit… En cherchant, tel type de carrosserie, de couleur… De salaires ; oui aussi, pour les plus vénales… Son filtre a tellement bien marché, qu'ils se sont mariés et ont eu deux enfants ! Bon OK, le deuxième y a un doute sur la paternité… Mais quand même ! C'est optimiste ! D'ailleurs, c'est comme ça qu'elle m'a vendu que ce n'est plus que la seule alternative possible à mon élitisme !

D'ailleurs vous savez que les jeunes couples issus du virtuel d'après une étude Américaine *(tout cela pour vous dire la pertinence d'une telle étude)* dure moins longtemps que les autres ? 18 mois contre 46, paraît-il ! En même temps, 18 mois, si c'est pour vivre que du bonheur avec un modèle que j'ai moi-même customisé, je signe tout de suite, vu que la dernière fois où j'étais en couple remonte à 2011, que cela a duré… 4 mois… Et que cette relation a bien failli nous achever tous les deux !

Au fait, vous savez pourquoi les couples ne durent plus dans le temps ?

« Tout simplement parce que depuis que le sexe est devenu facile à trouver... L'amour lui s'est fait plus rare à avoir... »

(Lumière off)

SCÈNE 3 : AFFINER SES CRITÈRES

Alors bien évidemment, face à cette situation peu glorieuse de la soupe-canapé-plaid… S'ajoute, la pluie d'un sale hiver, et toujours pas de Jules ou de Julie qui se presse derrière votre porte ! Oh ! Vous pouvez toujours vérifier au cas où ! La sonnette fonctionne ! Ça ne fait aucun doute ! C'est juste que tous vos amis, eux, sont en couple et qu'ils n'ont pas envie de vous voir, de peur d'attraper la sinistrose ou pire : le célibat !

Nous voilà donc bien contraints de requalifier nos objectifs et d'affiner nos critères, surtout si on désire ardemment reprendre le plus tôt possible les rênes de notre vie !

Eh bien oui ! Fini le temps de l'enfance, ou de la vingtaine où vous pouviez espérer mesdames, le bel éphèbe genre grand brun ténébreux... Ou ce foutu prince charmant ou vous messieurs cette princesse endormie ! Finis tout ça ! À partir de la trentaine, les mecs ils sont au choix :

- Bidonnants
- Ont un début de calvitie
- Commence à être incontinent
- Sont fans de viagra et j'en passe...
- Psychopathes/névropathes... Mieux dépressifs !

Oui Madame ! Vous avez raison ! Un ensemble de tous ces critères est également possible ! D'ailleurs, l'homme de la trentaine c'est comme un meuble Ikea ! Vous choisissez la carcasse, le reste c'est tout en option ! Évidemment on vous le livre en Kit... Imaginez ! Le pauvre homme, ça fait 30 ans qu'il cherche son propre mode d'emploi... Même ses parents ont renoncé ! Ils savent même plus ce qu'ils ont foutu ce soir-là !

Figurez-vous, que la plupart, non content d'avoir tiré toutes leurs cartouches entre 18 et 30 sont rentrés à la maison avec le démon de 18 h 30... Midi pour eux ! Oui c'est possible ! Avec une pastille Valda bleue... Elle avait raison la Niçoise ! Ah tu m'étonnes, dans le sud, le thermomètre ils le portent sur eux... Puis, vous les récupérez à 30 ans, homme et femmes confondus hein ! Ils sont déjà épuisés ! Problèmes de cervicales, de lombaires... Tu m'étonnes ils ont déjà pour la plupart, niqué tout le département ! Et les plus sportifs ils sont sur l'échelon régional déjà ! Tout cela me fait penser à une jolie phrase, que j'ai croisé un soir sur un site : *« Rien ne sert de chercher le prince charmant, si entre temps, tu t'es tapé tout le royaume... »* Voilà, les mots sont posés... Entre les mecs qui sont obnubilés par le cinq à sept, rapide et en coup de vent qu'ils pourront se faire, et les femmes par les cent grammes qu'elles prendront en s'enfilant une gaufre au Nutella... Il reste comme seule alternative, de ne rien tenter et donc de faire du canapé à attendre qu'un miracle se produise, et que l'on vienne vous sortir de là... Un peu comme le père Noël passerait par la cheminée, pour vous livrer...

Alors évidement, certes c'est la crise on nous en parle tous les jours ! En Grèce, en Espagne... En France ce n'est pas mieux, on est presque obligé de faire les poubelles des supermarchés pour manger... Limite-t-on va presque être obligé de faire les maisons de retraite pour trouver quelqu'un... Mais merde la crise financière elle existe depuis 2006 aux États-Unis ! C'est eux qui nous ont fait le coup des Surprimes ! Pourquoi en Europe et pire en France nous devrions subir en plus une crise sur notre libido ? Ne me dites pas que tous les bons coups travaillent tous dans la finance !

Alors pour les plus extrémistes d'entre nous, moi en tête cela va de soi, nous avons élaboré notre plan de rigueur. Tiens je viens de lire là, pas plus tard que cet après-midi que rien qu'en France pas moins d'une personne sur 5 s'est déjà inscrite sur un site de rencontres ! Ce magazine d'ailleurs, les classes même par catégories :

– **Casualdating.fr** pour les amateurs/amatrices de sexfriend, plus communément appelé le B2F ! Vous ne connaissez pas le Best Friend To Fuck ?! Nah vous n'étiez déjà pas là en 2009 alors !

– droite-rencontre.com ou gauche-rencontre.com ! Non ! Non ! Monsieur ce n'est pas un site pour les droitiers ou les gauchers, ou un site qui vous permet de choisir une personne en fonction de son habileté ou de la praticité de l'action ! Qu'il est naïf celui-ci ! C'est un site où on se rencontre par affinités politiques ! bah oui las des soirées et ambiance tirage de gueule à la maison et des reproches, autant baiser politiquement correct ! Alors c'est emmerdant pour une franche de la population, parce que j'ai regardé, n'y a pas fn-rencontre, modem-rencontre ou centre-rencontres bien que pour eux on aurait pu trouver jaileculentredeuxchaises.com ! Par contre, je dois avouer qu'il existe bien un extrêmes-rencontres... Mais, ça concerne que les personnes qui adorent tout ce qui est limite...

Alors, mon préféré c'est sans contexte celui-ci ! D'ailleurs, je m'y suis inscrit :

– **marmitelove.com** ! Roo, mais non ce n'est pas pour les vieux ! Faut vraiment arrêter avec cette légende urbaine des vieux pots dans lesquels on fait la meilleure soupe hein ! Non, parce sincèrement si vous croyez que c'est sexy le *« Attend faut que j'enlève ma gaine/dentier »* et j'en passe... Bou, j'ai des sueurs ! Marmite love c'est pour les comment dire... Pour les gourmets oui voilà ! Non madame rien à voir avec ***« La Dinde et l'Éléphant »*** ! Non c'est juste des amateurs de gastronomie et de malbouffe qui se rencontre... Et c'est pour ça que je me suis inscrit, car quitte à se faire chier à rencontrer quelqu'un, autant se taper un bon gueuleton, histoire de se dire qu'on n'aura pas tout perdu de sa soirée !

Évidemment, tous ces sites dont on a parlé avant, ne tiennent pas compte des dizaines de milliers d'autres spécialisés dans le sexe no-tabou spécial SM/Trio, ni sur les spécialisés taillant la part belle pour les couguars ! Très à la mode cela dit actuellement ! Moi rien que d'imaginer un homme de la soixantaine en string léopard à draguer des minettes sur la plage, je trouve ça inconcevable ! Non sérieux cela vous viendrait à l'idée vous ?

Imaginiez-vous que tous les jours une nouvelle niche à célibataires débarque et qu'un site se monte ! À croire que c'est comme en couture, il y a des tendances ! Tenez ! J'ai une amie, Clara analyste financière, genre BCBG *(Bien Cool Bien Gaulée),* 35 ans pas d'enfant, la dernière fois elle me dit :

– T'as déjà fait tes courses sur Internet ?

– Bah oui j'ai acheté des DVD et des meubles pourquoi ?

Et elle de me répondre comme si de rien était !

– Écoute, j'ai « acheté » un mec la semaine dernière sur **adopteunmec.com** *! On me l'a livré. Le produit était fidèle à la description... Mais au bout de 3 jours, il a commencé à buggué ! J'ai voulu le changer, ils m'ont répondu :*

– Désolé Madame il n'y a pas de SAV sur ce type de produit...

Figure-toi que je l'ai sur les bras...

(Lumière off)

SCÈNE 4 : SAVOIR À QUOI S'ATTENDRE

Internet est devenu le monde du sigle, et de la simplicité. C'est vrai tout est devenu si simple maintenant. Tout communique autour de nous... Le téléphone communique avec la TV ou le Frigo... Et nous, tranquillement assis aux toilettes, nous sommes reliés au monde numérique... C'est d'ailleurs là, dans une position pas forcément confortable que la plupart des conversations débutent... Entre le papier à gauche, et la brosse à droite...

Le souci de l'hypercommunication est de pouvoir parler la même langue. C'est un fait, depuis qu'il est devenu si facile de partager nos états d'âme avec Facebook ou Twitter, il faut s'assurer que tout le monde puisse les comprendre. C'est comme cela que sont nés au fil du temps, les codes d'un langage toujours simplifié à l'extrême. En fait, la technologie a réussi à nous faire revenir au temps de la caverne, quand notre vocabulaire se résumer à de simples grognements...

Le monde de la traque pour trouver l'amour possède lui aussi ses propres codes. Et on aurait tort de minimiser leurs importances. Le premier de ces codes, concerne ce que l'on cherche...

Alors évidemment, quand on lit les profils qui nous sont présentés, tous cherchent le B.L *(comprendre le Big*

Love, le Grand Amour quoi !). Sauf que pour arriver à le trouver, ils ont adopté la politique des grandes surfaces : satisfait ou échangé... Il n'est même plus question de délais, l'ère du vide et de la consommation étant en marche, une fois que vous avez mis le pied sur un site de rencontre, passé le temps du speed dating, vous passerez par la case *« crash test »,* qui permettra de voir comment vous vous débrouillez...

Le spirituel ayant quitté nos vies, il a laissé place à cette idée que tout s'échange et que tout se consomme... À l'heure de la mondialisation, l'humain fait partie de ses biens, qui s'inter changent de gré à gré, les sites de rencontres ne sont qu'une vaste place boursière, indiquant une cotation dont la valeur intrinsèque est le « J'aime ».

Sauf que pour comprendre ce que l'on peut aimer, il faut savoir à quoi s'attendre... Un simple plan cul ? Une vraie relation ? À vrai dire à chaque fois que l'on parle à quelqu'un on dit que c'est le B.L que l'on cherche... On est persuadé que l'autre pense la même chose... Et si ce n'était pas le cas ? Et si au travers des mots, l'incompréhension naissait chaque jour un peu plus ?

Combien de personnes, ai-je croisé, qui m'ont toutes dit la même chose... *« Il/Elle voulait du sérieux, et après le premier soir je n'ai plus de ses nouvelles... ».* L'ère du vide, du satisfait/remplacé, dans toute sa splendeur... Sommes-nous hypocrites au point de dire que nous ne l'avons jamais fait ? Combien ont déjà dit « Promis demain je t'appelle » et ne l'ont jamais fait ?

Avant d'apprendre à aimer, la plupart doivent apprendre à mentir, disait Xavier Dolan il y a quelque temps... Il a résumé à mon sens la cruauté de nos vies modernes...

Dans cette vaste faune amoureuse se cachent plusieurs types de relations :

B. L : Le Big Love que tout le monde cherche, le prince charmant pour vous mesdemoiselles, ou la jolie princesse endormie pour vous messieurs, qu'il vous faut pour on ne sait qu'elle raison, à tout prix réveiller de sa torpeur... Sauf que le B.L n'existe pas... Tout simplement, parce que cette surconsommation d'humains nous fait passer de bras en bras, sans couper le cordon de notre passé et de cette relation qu'on a idéalisé... Le B.L est un souvenir du passé, une résilience... Une belle image d'Épinal, qui nous rassure

PCA : Voilà le type de relation, qui à mon sens représente au moins les 80 % des relations qui existent aujourd'hui... Alors le PCA kézako ? En fait, derrière ses 3 lettres se cachent simplement, le Plan Cul Amélioré. La sordide histoire dont on refuse de voir que c'est juste du sexe, tout simplement parce que l'un et l'autre, cherchent, à y mettre tous les ingrédients qui font croire que cette relation est une relation sérieuse... En fait, c'est simplement une relation qui a réussi à s'enraciner dans le temps parce que vous avez réussi à vous accorder sur un seul aspect... Le sexe... LA facilité de la communication, sans la prise de tête autour de ce sujet...

PCR : Il en existe deux types, que beaucoup confondent... La nature profonde du PCR est le Plan Cul Régulier, à savoir à des intervalles proches dans le temps, et de préférence avec la ou les mêmes personnes, qui ont accepté l'évidence qu'ils se voient que pour la bagatelle... Sauf que, très vite, ce type de relation devient aussi Relationnelle, dans la mesure où tout se partage et s'interchange... Le bon coup devient aussi le bon coup du cercle amical...

PCO : Plus connu sous Plan Cul Occasionnel et non Orgasmique... Dans ce type de relation, vous êtes un bon contact avec qui ma foi, on a eu du bon temps et qui fait une acceptable roue de secours en temps de famine...

PCL: Plan Cul Lunatique qui se souvient de vous une fois par mois en fonction de son influence à la Lune... Le souci de ce type de relation bipolaire et que l'on ne sait jamais à quoi s'en tenir... À part si, s'attacher, espérer, croire...

PF ou PM : Celui là fait parti des plus fameux ! Le plan Fantômas ou Plan Messie vous fait croire à son retour d'un long voyage du bout de la rue... Toujours par monts et par vaux, vous l'attendez, il s'est montré très persuasif pour vous faire croire que vous êtes l'unique, différent(e) de tout ce qu'il/elle a connu et qu'il vous faut l'attendre, comme jadis Pénéloppe attendait son Ulysse…

Voilà pour les grandes lignes des relations auxquelles s'attendre sur le marché de l'humain… À vous de voir donc dans quelle catégorie vous souhaitez concourir…

SCÈNE 5 : FAIRE DU NEUF AVEC DU VIEUX

Inévitablement il y a parmi nous des personnes qui sont plus radines que d'autres et c'est un fait universellement connu qu'en temps crises et autres disettes, il faille économiser sur tout et cela s'applique aussi aux mecs ou aux nanas ! Je ne pense pas que les féministes sur ce coup me contrediront !

Lasse d'attendre que ce foutu ex vous rappelle vous décidez donc de prendre les devants et rouvrez votre cahier. Loin de dire que la liste soit longue y a bien quelques noms qui font légion au triste panthéon du râteau ou du souvenir lamentable qui pourraient se transformer en reste acceptable pour le goûter !!! *(le radeau de la méduse – Benabar)*.

Alors, inutile de rappeler ceux qui vous ont jetés, car il y a peu de chance qu'ils veuillent vous reprendre... Et quand bien même, ne voyez pas dans leur retour une grâce divine, pour je ne sais quel cierge allumé à la gloire de Sainte Rita, la patronne des cas désespérés ! Pour ceux parmi vous qui auraient encore un doute, non, leur retour ne correspond pas non plus à un pseudo amour vous concernant ou retour de flamme promis par je ne sais quel marabout qui s'est introduit dans votre boîte aux lettres, où ailleurs on ne sait jamais...

Bref ! Ne voyez pas non plus, pour les plus revanchards

et revanchardes, un moyen de vous venger de cette saloperie sans nom, grâce à laquelle vous avez renfloué ostensiblement les caisses de l'entreprise qui fabrique les Kleenex et le Nutella, et qui ne vous ont d'ailleurs reversé que dix centimes, au titre des actions que vous détenez chez eux, cette année. Ne remerciez pas non plus, et Dieu seul sait, quelles autres saloperies vous vous êtes mis à avaler ou utiliser pour oublier ce mauvais épisode ! D'ailleurs entre nous… J'ai une amie, qui quand elle a viré son mec, a ouvert un super site ! Son crédo c'est *« Testé et Approuvé : par moi ! ».* Le site, je vous le « mets » dans le mille ! www.sexeandparadise.com ! Alors quand on voit certaines références… Et qu'on se souvient du slogan… Enfin, je ne sais pas pour vous, mais moi je la vois plus pareil depuis que je sais ça… Non, Mesdames sérieusement… Remplacer un mec par un SexToys ?! Bon OK je vous l'accorde, il ne laisse pas ses poils traîner partout, il ne ronfle pas, et quand il vous agace suffit de lui retirer les piles pour le faire « taire », pas la peine de vous farcir les repas de famille avec sa mère ménopausée et acariâtre le dimanche, qui va vous faire la morale, sur votre manière de laver la maison, le linge, ou votre tenue vestimentaire trop libérale à son goût… Non, le seul avantage au remplacement de votre partenaire par cet objet magique, c'est qu'au moins, vous savez qu'il est propre, surtout quand on sait votre acharnement à tout briquer !

Revenons à nos moutons… Je vous conseille donc de vous épancher sur ceux, oui on parle bien des ex là, que vous avez vous-même largués sur un coup de tête après un repas qui ne vous convenait pas... Un SMS auquel il ou elle n'aurait pas répondu avant le délai impartit des 5 minutes... Sa garde-robe que vous ne jugez pas assez chic ou snob... Eh oui ! Les prétextes font légions et je sais que comme moi vous n'avez pas lésiné sur les moyens pour mettre un terme à ce qui aurait pu être une belle histoire ! Il faut dire que sans nous l'avouer nous avons tous peur du bonheur ! Surtout, que quitte à choisir entre le cas social, limite Tangy qui vit encore chez Maman, pas le permis pas de taf et qui ne sait même pas faire cuire des pâtes et le mec indépendant, et bien le choix est vite vu ! On va prendre le cas social, parce que c'est plus fort que nous ! Non content de déjà faire huit heures de social, au travail chaque jour, faut encore ramener du travail à la maison ! Une personne indépendante et autonome ? Jamais de la vie elle ne vous rendra heureuse et pour cause ! Elle n'a pas besoin de vous !

Ça y est ? Votre choix est arrêté parmi tous les déchets qui jalonnent votre carnet d'adresses ? Alors bien sûr on évite de rappeler les ex que l'on a refourgué aux copains ou aux copines ça ferait mauvais genre, quoi que beaucoup pimentent leur relation ennuyeuse avec des plans à 3/4/5 ou plus ! On se fixe un seul objectif par soir/jour ou oui heure pour les plus heu bref ! À présent direction **jerecuperemonex.com** si si je vous promets ce site existe ! Il y distille une pléthore de conseils et de stratégies fumeuses qui vous promettent, à la différence du marabout un retour sans débourser le moindre centime ! Enfin, il faut tout de même acheter un guide, qui vous assure le retour sous 7 jours pour les plus pressés... Les autres peuvent se contenter des 30 ou 60 jours à la façon crédit ! Là encore, le SAV n'est pas assuré !

Alors, évidemment ce site ne fonctionne que si votre ex ne l'a pas déjà lui-même consulté ou utilisé ! Auquel cas vous seriez bien embarrassé de vous prendre en pleine figure une fin de non-recevoir ! À moins que vous ne compreniez enfin, que vous avez toujours été la Dinde, pour ne pas dire la Quiche de service, à vous morfondre pendant que GuGuss s'adonnait à des révisions très poussées de la Biologie Animale du Rut ! Et même pour cela il ou elle aura la réponse parfaite : *« Bah on était plus ensemble... »*.

La stratégie majeure de ce site, je vais vous faire économiser l'achat de l'e-book ! Tourne autour d'une phrase hautement célèbre que tout le monde ici, connaît et que les plus vicieux/vicieuses utilisent à tour de bras :

Non vous ne voyez pas ? Vous n'allez pas me faire croire que vous êtes tous des saints ou des saintes hein ? Parce que je ne vois pas d'auréoles flotter au-dessus de vos têtes là !

Non ! Madame, il ne s'agit pas de la soumission librement consentie ! Quoi que ! Quelque part ça utilise le même principe, mais en plus pervers !

« Suis-moi, je te fuis… Fuis-moi, je te suis ! »

Eh oui ! Vous l'avez oublié celle-là ? Alors évidemment cette triste vérité ne s'applique qu'à un certain type de personnes, qui sur le site sont dites : Jalouse ou narcodépendantes. En gros qu'elles ne peuvent concevoir que vous leur tourniez le dos ! En même temps, je ne connais personne sur Terre qui aime se faire ignorer !

Autres méthodes très à la mode sur ce site c'est le **SR** ! Ne vous inquiétez pas, car sous ces deux lettres aux allures hautement savantes, se cache tout simplement le **Silence Radio** ! Il m'a fallu près de 3 lectures du forum et 2 heures pour comprendre cette analogie !

Oui ! C'est bien connu, le Silence arrange tout, et pour cause on est tous passés par là ! Allez ! On a tous essayé ça au moins une fois dans sa vie et le résultat on le connaît tous ! Fin, moi surtout, trois semaines après j'étais remplacé par un certain Fabiiennnnnnn, mille fois mieux que moi ! Plus too much!! Oui c'est aussi une méthode conseillée sur ce site ! Pour faire revenir son ex, il faut fréquenter, coucher et palper tout ce qui bouge, afin de comparer et de ne pas être déçu de son retour ! Non, mais je vous jure, et dire que c'est une femme qui a écrit ça… Au final, 3 mois après, son Fabiiiiennnnn *(putain que je hais ce prénom)* il était toujours là… À part ça l'amour dure trois ans ? Mon cul oui ! Il dure 3 mois/3 jours/3 heures ou 3 minutes ! Mais pas davantage !

Oui madame, pour certains mecs il dure aussi 3 secondes, juste le temps de vous relooker le cul et les seins de se dire : *« voyons voir à qui est cet ensemble redoutable avec qui je pourrais faire boum boum tchatcha »* avant de s'apercevoir qu'en fait votre visage c'est celui de Shrek ! Bon ça ne tient pas compte des éjaculateurs précoces qui aussi au bout des 3 secondes et dans un déchirement de leur visage, au moment fatidique de leur pseudo orgasme vous a fait :

1. Peur avec sa grimace digne d'Alien ou d'un regard vicieux à la Hanibal Lester, qui vous fixe en sortant légèrement sa langue avec un petit morceau de bave prêt à se détacher pour venir s'affaler sur votre visage...
2. Vous a explosé les tympans dans un cri dont même Tony Wessmiller n'avait pas mieux rivalisé avec son « Tarzzzannnn »...

Ah ces mecs... tous les mêmes... Bah oui je suis bien placé pour en parler... J'en suis un !

Bref, après la lecture de ce site, qui je vous l'assure sera palpitante et vous occupera bien une soirée de merde, et permettant de mettre pour une fois à égalité les hommes et les femmes... Rappelez-vous, quand même, que si ça se trouve l'ennemie est rusé(e) et attend votre premier signe de faiblesse qui marquerait de manière certaine votre manque de force morale et de caractère ! Pour ne pas dire votre détresse sentimentale ! En un mot, ne lui donnez pas un argument de poids pour pouvoir valoriser et galvaniser son pathétisme acquis...

Non soyez plus malin ! Étudiez son FuckBook heuu Facebook ! Regardez si son statut est en célibataire ! Eh bien oui ! Aujourd'hui, seul Facebook fait office de vérité sociale ! Moi-même quand j'ai un doute sur mon statut marital et bien je regarde sur Facebook !

Vous vous imaginez, vous draguez quelqu'un et cette personne tombe sur *« En couple »* ! Et bien ni une ni deux, vous avez une étiquette de salope sur la tête, pour ne pas dire autre chose, et ne vous étonnez pas de ne pas recevoir de SMS ! Bon ça marche aussi pour ceux qui sont en couple et marquent « Célibataire » dans leur statut ! D'ailleurs, remarquez comme les choses sont « bien faites » là encore, dans notre société sexiste et hautement discriminatoire ! Une femme, en couple et draguant ou couchant avec un autre mec, sera une salope ! Alors qu'un homme s'adonnant à la même chose... C'est un Don Juan !

Madame c'est inutile d'aller vérifier que la personne qui vous accompagne ce soir est bien en couple avec vous ou célibataire avec lui-même ! Il n'y a pas de réseau 3G dans la salle !

Bref, si vous voulez un bon conseil, et de toute manière

c'est le conseil que vous donnerez à vos ami(e) s tout comme celui qu'ils vous donneront ! *(si ce n'est pas le cas... c'est juste des connaissances)*

Rappelez-vous qu'il n'y a aucune raison que ça marche une seconde fois si la première fois était digne d'un *« Je t'aime moi non plus »* sous peine de finir comme Sue Helen dans la tristement célèbre série *« Dallas »* à savoir alcoolique, pour fuir la triste réalité : malgré vos efforts, vous êtes totalement différents et rien ne changera jamais puisque l'un et l'autre avez trop d'ego pour accepter la composante essentielle à une relation : la concession !

Et puis entre nous, un plat n'est pas forcément meilleur une fois réchauffé...

Regardez-moi ça ! J'ai toutes les cuisinières au premier rang !! Elles hochent toutes la tête !!!

Bon alors oui, on est d'accord que du porc réchauffé ça n'a pas meilleur goût... Mais bon... C'est rassurant de se dire que les gens peuvent changer et de vouloir faire du neuf avec du vieux... Et entre le porc, les racines et la diète... Bah... Ah pardonnez-moi ; je viens de recevoir une notification Twitter, m'indiquant que mon ex était en couple... Oui et alors ?! En même temps, je n'ai jamais interdit aux éboueurs de ramasser mes poubelles...

SCÈNE 6 : BAISSER SES PRÉTENTIONS

Contraint donc de faire avec ce que l'on a. À savoir, rien, le plus simple est donc de prendre conscience qu'à nos âges déjà bien avancé vers la planche en bois qui sera notre dernière demeure, il nous faille abandonner la quête stupide dans laquelle nous nous sommes lancés il y a maintenant une bonne vingtaine d'années... Oui je parle des trentenaires ! Au-delà, le calcul est plus complexe !

On nous dit par exemple que 30 ans pour un homme c'est le plus bel âge, que c'est là que nous sommes au top et bla et bla et bla... Pour vous mesdames la trentaine est synonyme d'un pas de plus vers cette lente fin du rêve de maternité et vous commencez déjà à compter et à vous demander ce que vous avez de moins que la voisine, si ce n'est 4 gamins et sans doute davantage de caractère !

Le plus dur, est de se voir vieillir seul, pendant qu'autour de nous tout le monde se retrouve à deux... Étrange quand même... Quand on sait que quelques années auparavant vous criez haut et fort que vous préférez votre liberté aux contraintes du couple !

Il ne vous en fallait pas plus pour vous décider à devenir vous aussi un produit de consommation et à franchir le pas de l'inscription sur un site de rencontres. Devant vous s'étale un choix sans fin sous Google pour trouver celui qui vous conviendra. À peine arrivé dessus, vous avez droit à un questionnaire digne de la Gestapo ! En même temps, le fournisseur de rêves que vous avez choisi se doit de vous connaître un minimum, afin de vous réserver une place de choix dans sa vitrine... Cette même vitrine qui vous a décidé, il faut bien l'avouer à vous inscrire...

On passe sur les thématiques bidon, telles qu'âge, sexe, ville, plus connues dans les années 2000 sous ASV... On fait l'impasse également sur les kg en trop, par lequel commence le mensonge vil et pervers qui va nous accompagner dans cette recherche virtuelle, et qui vous fera culpabiliser deux heures avant la rencontre ! Eh oui, réfléchissez ! Comment allez-cous expliquer la différence entre le 68 kg affiché sur le site et le 88 kg présenté en 3D ? Ne lui faites pas le coup dû : *« J'ai pris 20 kg en une semaine à cause du stress de la rencontre ! »* À moins que plus geek vous lui faisiez le coup de la compression des pixels du fait de votre format de photo !

Si vous voulez vraiment rencontrer quelqu'un de bien, abandonnez dès votre inscription l'idée même du mensonge... C'est inutile et au final, vous ne vous apportera rien, à part si ! De passer à côté du bonheur ! Ne perdez pas vos valeurs, en vous inscrivant sur un site de rencontres... Au contraire, et quitte à rester seul un long moment, restez vous-même... Après tout, la voisine n'a rien à vous envier... Elle a seulement plus de cadavres dans son placard et de sachets de préservatifs qui traînent sous le lit…

Alors la perfection ayant pour base « soi », inévitablement on essaie de se dire qu'il sera difficile de trouver quelqu'un à son goût du premier coup, mais tant pis on y croit et on se lance dans cette quête effrénée de la bonne personne !

Sauf que voilà… Un peu comme une voiture, on est plus de toute première génération, et les kilomètres commencent à s'afficher au compteur ! Alors certes le contrôle technique est toujours OK ! Mais évitez les photos dépassées, ou d'enjoliver les choses…

Sur un site de rencontres, à 25 ans pour le quart de siècle, les membres sont pointilleux et regardent si tout va bien dans votre tête… À 30, presque au tiers du chemin vous pensez bien qu'ils vous demandent si les œufs montent toujours en neige, si vous avez une maison à vous, un travail et des amis ! Vous mesdames cet interrogatoire sera significatif pour vous apporter de la sécurité… Tandis que bizarrement pour les hommes, ils se focaliseront sur les plus jeunes, ayant mille et une contraintes et problèmes… Le prix de la stabilité comporte le risque plus grand de l'instabilité… Les hommes plus que les femmes ont besoin de se sentir rassurés sur le fait qu'avec l'âge, ils puissent encore plaire… C'est pour cela qu'instinctivement ils craqueront pour de jeunes personnes et instables…

Et puis il ne faut plus se leurrer, il sera difficile sur le marché aux bestiaux que sont ces fameux sites, de trouver la perle rare ! Les cas sociaux y font légions, et pour cause dans le virtuel ils peuvent s'inventer une vie plus belle que celle qu'ils ont....

Entre :

1. Les fausses photos retouchées avec Photoshop ou prises sous un angle globulaire pour paraître plus fin...

2. Les âges erronés ! Eh bien oui ! Autant que les femmes mentent sur leur poids, les hommes mentent sur leur âge !

3. Le poids ! Là aussi sujet très sensible ! La mode est aux anorexiques et aux bodybuildés ! C'est fini le temps du Lelouche et de ses films :

> – *« Les hommes préfèrent les grosses »* ! Faux et archifaux

> – *« Les hommes préfèrent les blondes »* là aussi c'est faux pour preuve regardez autour de vous combien il y a de blondes, de brunes, rousses ? OK, allumez les lumières qu'on rigole ! Puis de toute manière avec la réputation que les brunes et les rousses se sont évertuées depuis quelques années à leur faire, il doit plus en rester des masses...

4. Le statut marital ! Alors à ce stade forcément difficile

de consulter son Facebook, mais vous pensez bien que les sites de rencontres ne regorgent pas que de célibataires... D'ailleurs, il semblerait toujours d'après cette même étude Américaine, qui tout à l'heure nous indiqué que la durée de vie d'un couple issue du virtuel était de 18 mois, que 90 % des inscrits sur un site, sont déjà en couple... Et d'ailleurs, non content de mentir avec un statut *« Célibataire »* ou d'indiquer *« Que leur relation est compliquée »*, parce qu'ils sont trop lâches pour la simplifier par une phrase et une décision pourtant si simple *« Je ne suis pas heureux/se avec toi alors plutôt que de continuer à se battre tous les jours, je préfère partir, pour essayer d'être heureux ailleurs »*, ils préfèrent rester avec bobonne qui leur fait ménage et repassage, sans compter la cuisine et de leur offrir une épaule confortable quand ils ont quelques peines... Ils vous répondront le plus naturellement du monde... Que ce n'est pas parce qu'ils sont au régime, qu'ils ne puissent pas regarder la carte, ou goûter, quelques mets... C'est d'ailleurs le crédo préféré d'une autre tranche de la population : les bisexuels, qui usent et abusent de leur ambiguïté et de leur sournoiserie maladive pour s'octroyer en toute impunité, un petit casse-croûte *« sans prise de tête »*.

Bah oui imaginez le dilemme ! Tiens prenons un exemple !

Un homme BI est en couple avec une femme. Il est donc en période Poisson ou Salade ! Non ! Madame, on ne fait pas de l'astrologie! Il lui prend l'envie soudaine de manger un Rumsteck, du temps que sa truite est à la piscine. Il va donc s'inscrire sur un site de rencontres : gay! Il y en a, ils ont du mal à suivre... L'ambiguïté des mots sans doute! Mais ce cochon, mettra dans son statut *« Célibataire »* pas de photo, bah oui de peur que sa truite ou son meilleur ami gay, ne le pèche... Et un descriptif genre *« Mec discret pic en repli »* ou *« je ne peux pas mettre ma photo suis connu »*, connu tu m'étonnes, il s'est déjà tapé tout le site... Puis évidement il vous dira qu'il cherche du love, histoire de bien vous faire rêver, et de vous vendre son côté *« Torturé, et romantique blessé »*. Ça a marché avec sa truite alors pourquoi pas avec un mec ?

D'ailleurs, vous savez que statistiquement, 2 personnes sur 5 sont bisexuelles ou ont avoué avoir eu un rapport homosexuel au cours de leur vie ? Et que dire encore, de tous ces mecs qui se baladent avec des Birk ? Non, mais c'est vrai, quand on pense que dans les années 80 on trouvait ça moche aux pieds d'une infirmière qui en portait dans les hôpitaux et qu'aujourd'hui, la plupart des mecs les ont tous aux pieds dans la rue ! Quelle belle image, de ces mâles alpha qui se la joue petit caïd, en birk avec une pédicure parfaite ! Laissez-moi rire hein...

Alors oui, on est obligé de baisser ses prétentions, parce qu'entre une pauvre femme qui du temps qu'elle se fait une séance piscine, son mec se fait le voisin, mais l'inverse existe aussi ! Il faut donc à l'évidence prendre en compte une multitude de détails aussi dans les critères de recherches ! Cela vient se rajouter, au fait que nous sommes tous des secondes, voir des milliers de mains après la première mise en circulation... Que nous sommes tous le secret ou le mensonge d'une autre histoire... Parce que dans notre recherche effrénée du bonheur, on oublie sa composante essentielle : le mensonge. Les mensonges sur lesquels, sont construits toutes les relations virtuelles... Le mensonge d'une chanson envoyée pour te dire *« Tu me manques ou je pense à toi, toi si loin... »*, alors que je suis avec quelqu'un... Le mensonge que l'on cache sans honte, en se disant que ce n'est rien de sérieux... Un truc de passage sans conséquence aucune, puisque la personne avec laquelle je vie n'en saura jamais rien... Le mensonge à soi-même, de savoir que rien n'effacera cet ex gravé sans sa mémoire, tatoué sur sa peau et au plus profond de ses entrailles... Cet amour disparu, parce que trop con pour se battre pour quelque chose qui en valait la peine et qu'on recherche en perdant son temps sur des sites de rencontres...

Oubliez le grand brun ténébreux ! Grand oui... Mais brun, pour ça encore faut-il qu'il ait encore des cheveux ! Et qu'il ne soit pas un Métrosexuel ! Vous ne savez pas ce que c'est ? En gros c'est ce genre de mecs amateur de mode et de produits cosmétiques, qui soignent son aspect physique, fait attention à ce qu'il mange ! Il ferait passer sa propre femme pour un homme ! Avec lui, n'espérez pas prendre une douche en moins de 2 h !

Entre le soin machin, l'épilation de ça, le choix du parfum, la couche de plâtre et de fond de teint ! Sans compter qu'avec un Métrosexuel vous ne savez jamais si c'est de la viande ou du poisson ! Du lard ou du Cochon ! Ah, mais merde c'est vrai on est sur un site de rencontres alors c'est forcément du PORC !

Puis vous mesdames, vous vous voyez le présenter à vos parents ? Il est plus maquillé et affrété que vous ! Bon, messieurs, pour vous c'est une aubaine ! Vos parents avaient toujours voulu d'une fille, mais vous avez cassé leurs rêves en leur avouant votre homosexualité ! Maintenant, ils l'ont leur belle fille avec les inconvénients en moins !

Puis manquerait plus que le jour du mariage ce soit lui qui vous prenne la robe ! Il a déjà piqué vos birk et le fond de teint alors...

SCÈNE 7 : ORGANISER DES TROCS PARTIES

Vous avez essayé pendant quelques jours les sites de rencontres, sans réels succès... Et pourtant vous avez suivi les conseils précédents pour organiser la traque... vos amis sont mobilisés avec vous, dans cette quête du bonheur et surtout pour arriver à vous caser... Il faut dire, ce sont même les moteurs de cette quête, sans doute pour ne plus que vous squattiez leur canapé jusqu'à deux ou trois heures du matin en mode lampadaire dépressif... Ou de devoir éviter de vous inviter aux soirées en couple au prétexte que vous êtes seul...

Savez-vous qu'au Japon et en Chine c'est presque une honte de passer 23/24 ans et d'être toujours célibataire pour une femme ? J'ai lu sur Internet qu'il existait même des clubs, qui permettent d'organiser des rencontres réelles entre leurs membres en lieu et place d'une recherche frénétique de profils et d'affinités... Il existe même un terme pour désigner les jeunes filles seules ! Terme qui bien entendu n'existe pas au masculin... Allez savoir pourquoi...

Le principe est simple, chacun amène un autre célibataire... Loin du Speed dating traditionnel, où l'on vous colle un numéro et une grille pour évaluer vos prétendants, dans la version club chacun est prié de faire participer la communauté autour d'un débat ou d'un échange d'idées ! Parfois des activités sont organisées... En fait c'est un peu une soirée littéraire ou philosophique dont la question existentielle qu'il faut trancher est la suivante : *« Ce soir, qui baise qui ou avec qui ? Vous avez deux heures ! »*

Souvent, on se rend compte au cours des discussions que notre interlocuteur connaît les mêmes lieux que nous, et qu'ils les fréquentent aussi d'ailleurs... Le débat d'idées inévitablement tourne autour de peu de choses... Forcément, imaginez une salle remplie de célibataires avec des affinités communes ou des envies ou des idéaux proches débattant, de tout, de rien... Mais surtout, de la vie qu'ils n'ont pas... De leurs aspirations... De ces rêves fait pour deux, mais vécus jusqu'à présent seul... Des lieux, inévitablement on passe aux gens... Et là aussi surprise ! Ils les connaissent aussi !!! Crise de parano ou pas, toujours est-il que vous êtes en présence d'une armée de clones qui ont emprunté chacun de vos pas... Et qui enfile même vos habitudes !

En fait tous les membres du club qui sont là avec vous ce soir sont des habitués de vos habitudes... Vous, qui vous pensiez unique, vous voilà rassuré, encore que ce soit difficile de se sentir moins original qu'une autre personne... Et un jour aux détours d'une discussion éclate une autre vérité :

Vous avez bien plus en commun que des lieux... Des

connaissances ou des amis... Vous avez en commun avec ces personnes : vos ex... Eh oui le grand brun, qui disait vous aimer et qui encore récemment, vous relançait par texto, mails et appels pour vous dire qu'il n'arrive pas à vous oublier et à refaire sa vie... En fait, sa vie il l'a bien reprise en main, pour tout vous dire... Et il n'a pas chômé même... Il a testé tous les échantillons qu'il lui passait sous la main... Le brave homme, il se sentait investi d'une mission... La fin du monde approchant il fallait commencer à repeupler la planète au cas où ! Déjà qu'avec vous, s'il avait une érection par semaine c'était le bout du monde, vous apprenez au cours de ce charmant repas qu'en fait vous aviez à côté de vous une vraie nympho dont le talent ne demandait qu'à s'exprimer ! Quand je pense, qu'il me disait chercher le grand amour... Ah là là ! Si je venais à le recroiser, je lui dirais qu'il ne sert à rien d'attendre Blanche-Neige, quand on s'est déjà tapé tout le royaume...

Et dire qu'il a réussi à vous faire passer pour une parano aux yeux de vos amies ! À arriver à leur faire croire que le problème c'était vous, et que lui, et bien il se devait de vous épauler, de vous accompagner... vous soutenir, parce que vous n'alliez pas bien et que limite, vous lui faisiez, peur... Et vos amis lassent de vous voir souffrir ou de recevoir vos textos vous ont gentiment conseillés de sortir, de voir du monde... En une soirée et pour le prix d'un repas, vous avez réussi à régler le problème qui vous oblige à une heure de psychanalyse depuis presque 2 ans...

En fait quand vous y réfléchissez bien... C'est même eux, vos amis, qui vous ont conseillé cette adresse... D'ailleurs parmi eux, combien sont des ex, ou ont été l'ami de l'ex en question ? Puis, progressivement vous vous rendez compte qu'à la manière des cartes panini des récrés en primaire, vous avez été troqué et échangé... Un peu comme ces journées vide-greniers où chacun échange ce dont il n'a plus besoin... À la manière écologique, vous êtes réunis avec d'autres personnes ici pour être ni plus ni moins que recyclés après avoir été broyés par la rupture... Alors OK ça c'est la version trash, mais pourtant bien réelle parce que sinon y a une autre méthode encore plus délicate et peu enviable : celle à la « Desperate Housswife » limite working men ou girl !

Cette méthode assez récente passe pour devenir la référence en matière de rencontres pour les gens débordés et incapables pour x et y rasions, car il n'est plus question d'excuses ici, mais bien de tout faire pour se trouver quelqu'un ! Ces gens partent du principe que quitte à payer de leur personne autant que ce soit utile et lance ce qu'on appelle un *« SOS for dating. . . »*.

Fini les cotisations pour les sites de rencontres. C'est quand même dingue de devoir payer pour avoir accès à des profils de psychopathes en puissance dont la seule envie est de vous coller à leur tableau de chasse... Non ! Cette nouvelle méthode est plus subtile pour vous confronter à la vérité unique.... C'est mon amie Amanda qui m'en a parlé ! Elle tient un institut de beauté, un endroit chic et hors de prix... Pour elle, les journées passent trop vite et donc le soir quand elle rentre elle n'a pas le temps d'aller sur Internet pour chercher le père idéal de ses enfants... Alors elle a eu l'idée de poser une annonce dans son institut :

« Jeune femme d'affaires sympathique et dynamique, offrira à toute personne qui lui présentera un homme avec qui une relation sera possible, des soins gratuitement durant la durée de la relation. Merci par avance de votre aide... »

SCÈNE 8 : MISER SUR LES VALEURS REFUGES

« Le bonheur est dans le pré. Cours-y vite, cours-y vite.
Le bonheur est dans le pré. Cours-y vite. Il va filer.
Si tu veux le rattraper, cours-y vite, cours-y vite.
Si tu veux le rattraper, cours-y vite. Il va filer.
Dans l'ache et le serpolet, cours-y vite, cours-y vite,
Dans l'ache et le serpolet, cours-y vite. Il va filer.
Sur les cornes du bélier, cours-y vite, cours-y vite,
Sur les cornes du bélier, cours-y vite. Il va filer.
Sur le flot du sourcelet, cours-y vite, cours-y vite, sur le
flot du sourcelet, cours-y vite. Il va filer.
De pommier en cerisier, cours-y vite, cours-y vite,
De pommier en cerisier, cours-y vite. Il va filer.
Saute par-dessus la haie, cours-y vite, cours-y vite.
Saute par-dessus la haie, cours-y vite ! Il a filé ! »

Paul Faure – Le bonheur

Alors las des prédateurs en tout genre aux sourires de champions qui savent en user et en abuser les filles et les mecs aujourd'hui, préfèrent ceux qui n'ont aucun atout physique, mais qui par chance ont des atouts d'une autre nature...

Il paraît que le petit gros, sans charme, manuel et gentil fait davantage rêver que le Ben Affleck... Genre, on va fantasmer sur un François Hollande bidonnant, alors qu'on pourrait se croquer Tom Hardy... Même moi j'étais septique... Jusqu'à ce que je me fasse draguer en pleine GayPride alors que j'étais tranquillement en train de marcher sur le trottoir en marge de cette manifestation... Bon OK ce n'est sans doute pas le lieu le plus adapté... Mais imaginez mon choc de s'entendre dire *« mais tu es trop mignon toi vient t'amuser avec nous »*!!

Alors au final, je me suis posé la question suivante : *« qu'est-ce qui fait que je puisse être attirant ? »*

Une bonne amie m'a aussitôt répondu : *« il avait bu »* quand je lui ai raconté l'histoire... Et après une bouffée de cigarette elle me répond à la Alice Sapprich : *« en même temps en sortant avec toi chéri chéri, on est sûr que personne ne te courra après... C'est moins de stress au quotidien... »*

Oui, c'est censé être une bonne amie... Mais elle venait en une phrase maladroite, d'apporter la réponse à mon questionnement... On ne peut s'intéresser à moi, que parce que je n'intéresse personne et ainsi avoir d'une certaine manière, l'assurance que je ne peux pas aller ailleurs... Au-delà de cette vaste parenthèse personnelle se pose le problème de manière inversée.

On a tous, un idéal, manque de pot on court tous après, aussi bien nous les hommes, que vous les femmes... Si bien que cette course pour le trouver et l'atteindre n'en finit jamais... Toujours ce complexe du prince sur son cheval blanc, auxquelles vous, vous attendez mesdames, et nous notre vaine quête de la gueuse endormie, à réveiller héroïquement. On attend tellement de l'autre, qu'on se renie soi-même. On a tellement envie, lorsqu'on vibre pour une personne, que tout soit parfait...

Au final, on commet des erreurs... On se précipite... On trébuche, on fait fuir ce bonheur si simple et fragile... Presque, on aurait plus vite fait, de passer commande d'un androïde multifonctions avec la touche off au cas il viendrait à nous échapper...

Tout cela me rappelle le vieux clip vidéo d'une chanson des années 2000. Je me souviens tellement bien de cette chanson et de son titre. Sans doute, parce qu'il annonçait déjà cette triste vérité que j'ai mis des années à accepter : *«Les hommes, ce n'est pas des mecs biens...»* et qui mieux que moi peut en parler ?

Étrangement, je me sens très proche de la fin du clip, quand elle jette son homme idéal dans la poubelle... Parce qu'au fond, on a tous été jetés et remplacés par un modèle plus à la mode... Mais au-delà de l'image, ce sont incontestablement les paroles qui nous interpellent et nous choquent le plus dans cette œuvre : nous sommes tous, ambitieux, incertains, grandes gueules et mal aimé... Sauf qu'à la différence de bon nombre, je n'ai jamais cru que je pouvais m'éclater sans réfléchir aux conséquences...

Satire de notre époque, où l'on consomme les êtres, comme l'on se consume soit même de n'être rien... Pas même un semblant de commencement de quelque chose... À trop chercher l'idéal on en devient le, poème de Paul Faure ! Mais si Paul Faure, on l'a tous appris ce poème, enfin pour ceux qui étaient en primaire avant 1990...

Rappelez-vous ce poème : *le bonheur est dans le pré, cours-y vite...*

Vous souvenez-vous de la fin de chaque strophe ? Vous souvenez-vous que l'auteur nous a mis au moins six fois en garde, que si nous ne courions pas assez vite, le bonheur allait filer ?

Et aujourd'hui on est là, *« Bouh suis malheureux (se) je suis mal aimé... »* En fait, on est exactement là où on devrait être... On a voulu courir, à travers le pré sans comprendre que nous étions en train de ***« fuir le bonheur de peur qu'il ne se sauve »***, comme le chantait si bien Jane Birkin en 1983...

En fait, nous sommes trop stupides... On veut toujours mieux que ce que l'on a... On croit même, car on se conditionne à le croire, que nous méritons mieux... Mais nous donnons-nous les moyens de ce mieux ? Sommes-nous, nous-mêmes au top de ce que nous espérons ?

Ne sommes-nous pas bêtes de croire que le bonheur puisse s'acheter dans un rayon de supermarché en occultant la vérité ? Le bonheur n'est pas dans un rayon... Ou alors si, dans celui du bricolage.

J'ai acquis cette certitude que ce sentiment simple se construit à deux chaque jour...

Heureusement ou malheureusement, dans notre vie de célibataire, il arrive toujours un événement majeur que nous attendons de pied ferme chaque année : **les soldes d'été !**

Vous avez en vitrine, oui sur les plages mesdames ! Là où vous êtes le ou la seul(e) à vous balader en manches longues, toutes ces personnes vintages au sourire Bright, plus blanc que blanc à croire qu'ils ont écouté la pub de Coluche avant d'y aller *« Omo lave plus blanc que blanc... »*

Ces personnes au ventre plat, aux pectoraux à la Musclor, le fessier cambré, n'en parlons pas, qui nous sont exposés là ! Sur la plage ou dans la rue... À côté d'autres dont le physique n'est plus leur priorité...

Vous avez enfin, sous le nez, le résultat flagrant de votre manque de motivation à ces litres de sueurs déversés durant l'hiver, la preuve que le régime Dukan sans protéine marche ! En fait c'est surtout la lipo en Tunisie à 1500e qui fonctionne très bien ! Mais, pas d'inquiétude, parce que pour les plus chanceux, les protéines, ils vont se les mettre sous la dent ! Bref, vous avez là à portée de main, tout ce qui vous fait envie, un peu comme dans une boulangerie où sous votre regard d'enfant, dansent dans une farandole enivrante de religieuses, flans, macarons, tartes aux pommes et j'en passe...

Alors, vous léchez la vitrine de ce magasin, dont la pancarte au-dessus affiche *« L'Opium du Peuple : où comment faire de tes rêves tes seuls fantasmes ! »*. Mais qu'importe, à ce moment précis, votre cerveau, est déjà en mode OFF, parce que vous bavez, sur les clients qui en sortent, le sourire béant avec leur modèle *« Bright »*, vous occultez totalement, les autres avec le modèle *« bof, fin de série »*.

Mais vous, naïves créatures, vous vous dites que, le modèle, là ! Oui, celui qui vous fait envie, il est forcément en rayon puisqu'il est en vitrine !!! Que vous aussi vous pouvez l'avoir, malgré votre charme placide, et votre incohérence en ce lieu...

Alors vous courrez, la langue battante, choper un caddie, vous vous imaginez déjà chez vous avec ce modèle *« Conqueror »,* qui rendra à coup sûr vert de jalousie vos amis... Sans vous rendre compte que dans votre poche ne se trouve pas votre carte bleue... Mais qu'importe, ni une ni deux, une vendeuse vous prend par la main et vous amène dans les rayons... Elle ne vous connaît pas, mais tant pis, son boulot à elle, c'est Mentaliste, rien qu'en vous voyant habillé elle a compris, que le rayon qu'il vous fallait c'est celui estampillé **« Loosers »**. Eh oui ! Vous avez oublié que c'est les soldes... Ont déstockent donc tous les invendus, sauf que là pour le coup... On brade aussi, tous ceux, qui comme vous, n'ont trouvé personne ! D'ailleurs, c'est même une aubaine qu'elle ne vous propose pas une place dans son rayon, histoire que vous soyez à côté des moult autres modèles, qui comme vous, sont sur la touche, d'une belle rencontre et donc sont obsolètes, pour ne pas dire...

– Ah, bah là dans le coin y a quelqu'un qui a osé dites donc ! Vous êtes dans le marketing c'est ça ?

Oui donc comme ce monsieur l'a si aimablement dit, **« *Ringard* »** ou **« *Has Been* »**.

Alors vous parcourrez l'allée, en regardant, gentiment ces personnes que vous n'auriez jamais abordées en temps normal dans la rue, et qui sont là, vous tendant les bras. Un peu comme ces chiens, qu'on trouvent dans les chenils. Oui, comme le petit Pedro 3 ans, qui n'a plus de dents et que, l'on a abandonné sur une aire d'autoroute... Vous plongez, sans le vouloir, votre regard dans le leur, et l'espace d'un instant, leurs yeux sont des miroirs fenêtres où l'on repolit son présent... Où l'on se sent intelligent, pour un petit quart d'heure peut-être... Vous qui vous étiez promis de repartir, avec le modèle Bright exposé en vitrine... Ma cache ! On vous a mis dans les bras d'un modèle qui vous rappelle, une autre voix. Voilà que l'engrenage se remet en route ! Finalement on est amoureux d'un costume, d'une voix, d'un regard... D'un geste... En fait, tout nous rappelle une autre personne, une autre saison... Cet ex que l'on tente d'oublier... En l'espace d'un instant, vous récupérez le sous-modèle de l'original, même prénom, même manière de se comporter, de sourire, mais sans le charme... Mêmes conversations ; mais sans saveur... Tout y est, sauf le cœur...

Au final, qui vous dit que le modèle dont personne n'a voulu, celui que vous avez là devant vous, n'aurait pas pu vous convenir davantage que le modèle en vitrine ?

Et si mon amie pour le coup avait raison ? Comment vivre une relation saine avec une personne qui attirera à elle, tous les regards et toutes les convoitises de vos amis, et d'autres personnes ? Et puis qui vous dit, mesdames que Bright sera en mesure de s'occuper de vous ? De vous aimer ? De vous comprendre ? Qui vous dit que vous puissiez intéresser Bright ? Ne serait-ce pas prétentieux de croire que ça puisse être le cas ?

Combien d'erreurs, pourrions-nous, nous éviter à nous, pauvres âmes, si nous savions mieux mesurer nos chances, si nous savions prendre le temps d'apprendre tout ce qu'il faut apprendre ou comprendre de l'autre ? De prendre le temps, d'y croire... Ou mieux ! Revenir en arrière, à nos années d'enfance, quand nous écrivions des petits mots : *« est-ce que Toto là-bas il te plaît ? »* ou encore le plus mythique *« tu veux devenir mon ami ? »*.

À l'âge adulte, on oublie toutes ces évidences. On se

contente simplement d'échanger, quelques banalités, on pose une étiquette sur le front de la personne qu'on a en face de soi... *«Baisable»*, *«Bof»*, *«Pourquoi pas»*, *«Love»*, *«No Way!»*. Parfois on se donne la peine de jouer à un jeu de séduction, on s'échange quelques sourires, et on se persuade d'un feeling, d'une possibilité... De suite, on devient même *«Amis»*!

Eh oui! Qu'elle belle invention quand même que Facebook! En 5 minutes montre en main, on voit, avec qui la personne, qui vient tout juste de répondre *«oui»* à la question *«X souhaite devenir ami avec vous»*, parle, mange, dit, fait ou pense! L'intrusion dans l'intimité est totale dans la mesure où l'intimité n'existe plus, où la pudeur ne revient que pour dire qu'au fond on a honte de dire *«Mais grave ouais je veux»*. On est tellement pudique que l'on publie tout se sa vie, ses états d'âme, ses coups de cœur... Nous écrivons notre journal intime sur la place publique, et nous tartinons les détails insipides comme on étalerait la confiture sur une tartine beurrée...

On s'arrête que sur l'emballage, ne voulant pas imaginer le produit qui s'y cache en dessous! On observe les formes, les allures, les postures... On fantasme sur des probabilités. De toute manière, on ne sait plus faire que ça de nos jours... Fantasmer.

Mais merde! On n'aurait jamais mangé d'Oursins ou de Litchi s'il n'y avait pas eu un con, qui un jour était allé au-delà des apparences ! Mesdames sachez que les cons existent et qu'il en reste encore pour aimer des squelettes anorexiques, tout juste pour ne pas partager avec vous un Twix, mais soyez moins connes qu'eux et remettez-vous à bouffer ! Les cons çà existent dans les deux camps... Hommes/Femmes sur ce coup même combat ! Il y a aussi les altruistes du social solidaire, qui se font à propos, un point d'honneur à ne coucher qu'avec les « *thons* » ! Bah oui ! C'est faire œuvre humanitaire et sociale ! Puis ça passe mieux devant les ami(e)s... Surtout quand on apprend sur Facebook que le but du repas était d'apporter le plus « *moche* ». La cruauté du XXIème siècle est psychologique...

« Non le mec là-bas ? Mais comment t'as fait ? Ma pauvre je te plain... »

Mais Bright, si ça se trouve il ne sait même pas changer une ampoule mesdames... Il a peut-être, une toute petite quéquette, dont il ne sait pas se servir ! Il ne sait sans doute pas faire la cuisine... Il n'a peut-être même pas le permis ! Mais vous vous en foutez parce que Bright il a l'air physiquement intelligent et il passera mieux auprès de votre cercle social ! Alors c'est sûr que vous pouvez me dire : *« ouais, mais les plombiers ou maçons mignons ça existe ! »*

Mais où ça ? Vous rêvez ! La vraie vie ce n'est pas une pub Coca-Cola où vous verrez le laveur de vitres se faire une Sex-Tape à votre fenêtre... Genre ils attendent que vous, planquée derrière vos vêtements à 2 tailles au-dessus, et enveloppée dans 30 kg de trop !

Pareil hein... Le fantasme du jardinier là ! Faut arrêter de croire qu'ils sont tous bodybuildés, jeunes sexy et portugais ! Y a que dans Desperates Housse Wife qu'on voit ça ! Puis ce genre de mec, et bien y a que derrière l'écran de télé que vous pouvez vous les tapez ! Non parce que faut voir dans la vraie vie s'ils sont aussi sexe ! Après la couche de maquillage, et 3 semaines sans prendre 1 gramme de créatine ! Surtout qu'en général, il confirme la théorie de la vitesse du son et de la lumière ! Mais si ! *« Oh regarde là-bas le mec comme il est trop canon ! » « Salut les poules ça farte »*. Voilà la lumière va plus vite que le son... en fait, on se rend compte que ça ne va pas le faire dès qu'ils ouvrent la bouche...

Et pourtant, ces gens que l'on qualifie de *« moches »*, de *« bof »*, de *« sans goût vestimentaire »*. Eh bien, ils n'ont peut-être pas le physique, le sens de la mode, du superficiel... Ils ne savent peut-être pas se mettre en valeur, parce que pour eux le plus important n'est pas la boîte, mais le contenu de celle-ci... Mais en tout cas, ils ont le cœur sur la main... Ils ont une intelligence du service, de la qualité, de l'attention, du détail... De la délicatesse, du geste... Ils sont attentionnés, prévenants avec les personnes qu'ils affectionnent... Ils seront toujours là même à 3 hrs du matin pour vous écouter vous plaindre, en vous disant *« Ok habille-toi je passe te chercher on va aller se balader, ça va te faire du bien... »*.

Tout ce que vous cherchez dans ce foutu prince charmant est là sous notre nez et vous, vous rêvez de l'extraterrestre dont on parle beaucoup ! Mais honnêtement, qui a vu une soucoupe volante se poser dans son jardin ?

Donc oui, il semble que la mode soit donc bien passée du mec Too much, *« beau, sensible, drôle intelligent, un poil azimuté, mais attendrissant »*, à celui qui est *« bof bof »*, mais qui a de sûr toutes les autres qualités... Ce genre de mec, serviable sur qui on peut toujours compter, un dimanche matin pour vous descendre un meuble ou vous faire une course, tandis que Bright, lui, sera en train de décuver d'une beuverie ou de sa dernière soirée jet set...

Et si finalement le style *« oui oui »*, gentil bonhomme, où comme on dit dans le sud *« bien brave »* était la valeur sûre sur laquelle il faut miser dans le temps pour construire quelque chose ? Vous savez, cette personne, qui ne nous abandonnera pas pour les 500gr que vous avez pris sur les hanches ou dans les fesses ? Pour votre première, ride au-dessus de votre regard... Cette personne qui sera toujours là dans les moments difficiles et qui ne fuira pas devant ses responsabilités en essayant de vous rejeter tous les tords... Le tendre manuel toujours prêt à vous écouter, à vous dépanner... Même s'il est 4 h du matin, que vous avez peur du noir ou de l'araignée qui grimpe sur votre mur et que lui se réveille dans deux heures pour prendre son train !

Voilà en un mot : **l'équipier**, dont on attend toujours la rencontre, et qui en fait est l'évidence même, posée là sous notre nez, pendant que vous espérez et regardez l'étoile qui ne tombera jamais du ciel.... Et si la valeur sûre en fait n'était ni égocentrique, ni belle, ni superficielle... Mais juste tendre, présente et prévenante ?

SCÈNE 9 : TAPER DANS LE LOW COST

La vie de célibataire passe, par différentes phases. La plupart rebondissent facilement après une rupture, d'autres mettront des mois, voire des années avant d'arriver à refaire confiance. Les plus charismatiques trouveront facilement en allant faire leurs courses, ou lors d'une soirée entre amis... D'autres iront s'inscrire sur un site de rencontres. Beaucoup de mes amis d'ailleurs, considèrent que sur ces sites, il n'y a que les déchets et les rebus dont personne ne veut... Je n'ai jamais osé leur dire que moi même, j'y étais inscrit... Serai-je donc un déchet ?

Cependant, on est assez amusé, de voir et comprendre pourquoi il ne reste que cette solution pour la plupart de ces personnes... La lecture de leur profil est assez intéressante, de leurs véritables intentions... 95 % des inscrits sont mythomanes... Les profils sont faux... L'orthographe douteuse... Les photos disent allègrement merci à Photoshop... Et puis, de vous à moi... J'ai bien le sentiment que la plupart ont déjà essayé tout le catalogue qui leur est présenté...

Alors certains sites se sont fait un business modèle de la rencontre de qualité, de l'élitisme, du bon goût, etc... etc... Au final, ces personnes sont toutes les mêmes... Seules et désespérées... On est tous l'ex de quelqu'un... après avoir troqué nos adresses, pour un autre rendez-vous, un autre espoir... On se résigne, à baisser nos aspirations, car de toute manière il faut bien se rendre à l'évidence, la perfection, n'est pas de ce monde...

Notre ego en prend un coup, le marché du célibataire, c'est comme le marché du travail... Les études ne vous donnent pas les meilleures places... On est obligé de s'ouvrir à de nouveaux horizons, de faire de nouvelles expériences... Rien n'est jamais acquis, alors on tente de nouvelles expériences qui hier encore nous repoussées...

« Ah non un chauve, mais quelle idée ! » disait mon amie Lisa... Total, elle partage la vie d'un *« chauve »* depuis maintenant 7 mois pour son plus grand bonheur...

Notre ego nous pousse à cataloguer les personnes et à les trier par catégories. Les choix sont divers et variés, mais tout y passe jusqu'au moindre détail... On se fixe des limites abstraites dans lesquelles ont place tous ceux qui sont au-dessus du panier et puis il y a les autres... Les Low Cost.

Toutes ces personnes qui aux premiers abords ne nous avaient pas frappés par leurs capacités que nous pensions limitées, et qui un jour nous surprennent, par la simplicité d'un « Bonjour tu vas bien ? ». Ces personnes simples, qui avaient la palme d'or de notre ignorance deviennent tout à coup le centre de notre nouveau monde... Et par ricochet une belle rencontre...

Si ont arrivaient tous, l'espace d'un instant à aller plus loin que les apparences, on apprendrait plus de nos différences qui font nos richesses… Le low cost est simplement la visualisation de notre ego…

SCÈNE 10 :
RAPIÉCER CE QUI PEUT ENCORE L'ÊTRE

Les souvenirs et la nostalgie... Voilà ce qui nous ronge et nous rend plus vulnérables... Et au final, nous font replonger dans le passé et retourner regarder les pages de notre histoire personnelle...

On en a croisé des regards au cours de notre existence, mais combien parmi eux nous ont émus ? Avec combien avons-nous partagé plus qu'un simple regard ? Une histoire... Une vraie... Pas juste un plan cul sordide ?

Vous voyez cette belle histoire d'amour qu'on ne voit qu'au cinéma, mais dont la fin n'y ressemble pas du tout... Alors évidemment on ne cherchera pas le coupable de ce ratage magistral... On se contentera juste au hasard des souvenirs et des photos glissées par-ci par-là, de constater qu'à l'évidence... On n'a pas tenu la distance...

Puis un jour on se dit : *« Et si je recontacté cette personne ? Les sentiments ne peuvent pas disparaître comme ça... Peut-être que cette personne pense pareil que moi et qu'on se manque l'un et l'autre... Peut-être que notre histoire qui était impossible hier peut l'être aujourd'hui ? »*

La raison nous pousse à ne rien tenter... Parce que la

première fois on a trop souffert... Puis de toute manière il y en a toujours l'un des deux, qui se dit que ça ne pourra jamais marcher.... On se trouve tous les prétextes de la terre pour justifier notre incapacité à mettre notre ego de côté et à faire un pas vers l'autre... Mieux, on attend que ce soit la personne que l'on a lamentablement quittée, qui fasse le premier pas vers nous, alors que nous savons pertinemment que nous accueillerons cette personne d'un air dédaigneux... On ne se comprend pas dans notre manière d'agir... Alors on agit comme un con... Comme un lâche aussi... On fait des choses inconsidérées et stupides... qui en définitive au lieu d'être des preuves d'amour sont autant de raisons de faire fuir cet autre que pourtant on aime et qu'il nous est impossible à expliquer pourquoi... Parfois on a du mal à contrôler nos actions et notre langue... Notre orgueil serait-il l'organe le plus fragile ?

D'autres, véritables guerriers ! N'hésiteront pas une seule seconde à se mettre dans la course pour rapiécer les morceaux déchirés... Recoller les photos, repartir à la conquête de cet être qui nous manque plus que tout au monde... Ils chercheront, à tort ou à raison, le fil magique qui fera que cette fois-ci ça tienne pour la vie ! Parfois cela se solde par un échec, mais ils ou elles rebondissent ! Parfois, ça fonctionne et comme dans les films la fin est heureuse...

Et vous, que feriez-vous... ?! Vous pensez que revenir avec son ex c'est comme de regarder Titanic une seconde fois en espérant que le bateau ne coule pas, ou vous vous battrez ?

Alors oui c'est facile de répondre, à la va-vite... Mais en fait on n'est jamais prêt à cette question... C'est un peu comme cette chanson de Carlos reprise dans les années 2000 par Obispo et Natasha Saint-Pierre... *« Mourir demain »*.

Y a-t-il seulement une seule bonne technique pour reconquérir un être qui nous est cher alors que le vase s'est brisé en mille morceaux ? Y a-t-il une seule bonne et vraie raison qui ferait que tout cela puisse exister, que l'on puisse nous pardonner nos multiples erreurs, nous croire, quand on dit des mots si simples comme *« je t'aime, tu me manques »*.

Que savons-nous de cet autre qui souffre aussi ? Pensons-nous à cette personne qui tente de refaire surface, sans nous, ailleurs autrement ? Non évidemment, car on se montre égoïste et on continue de faire du mal à cette personne qu'on a le plus aimé... Parce que l'on croit à tort ou à raison qu'elle va mieux que nous... On en est persuadé puisqu'on le voit sur Facebook...

Ce n'est pas la rupture qui fait le plus de mal en fait... C'est l'après... Quand deux êtres qui ne formaient qu'un tout se retrouve à nouveau deux individualités aux envies aussi différentes qu'opposées... L'un tentera de conserver ce que l'autre ne veut plus... Et l'autre ne comprendra pas pourquoi on s'évertue à vouloir rapiécer ces vastes souvenirs... Qu'il faut avancer, aller de l'avant... Tout ce qu'il nous est impossible de comprendre, parce que nous voulons tellement récupérer ce qui n'existe déjà plus...

Combien de fois entendrons-nous des phrases du genre *« mais pourquoi moi ? Qu'ai-je de si particulier qui fasse que tu m'aimes... ».* Combien de fois resterons-nous sans mot à cette éternelle question déjà mille fois tranchée... Si rien ne m'intéressait chez l'autre, aurais-je passé autant de temps avec ? Aurais-je fait des rêves pour deux... Ressentirais-je ce vide abyssal qui me glace ?! Regarderais-je encore dans le ciel la traînée des avions pour me dire *« on pense à moi »* ? La mémoire est notre principal bourreau... Elle conserve tout jusqu'aux odeurs... Les rires et les sourires... Les images des moments passés à deux... Les mots, les disputes... Et le pire... Les musiques qui continuent-elles de vivre au-delà de la relation... Ces musiques qui nous font à chaque fois retomber amoureux de cette personne qui nous les a fait découvrir... Repenser aux circonstances... Je me souviens si souvent de ces musiques, qui étaient autant de promesses à l'époque... Je me remémore mes émotions, et cette envie de courir vers toi... Alors je ferme les yeux, et je retourne dans notre passé... Au temps où tout était encore possible...

On oublie, vite quand on se retrouve seul qu'une histoire,

est un lien nous maintient aux côtés de cet autre moi... De cet autre je... C'est sans doute pour cela que l'on ne sait plus qui nous sommes quand l'autre n'est plus là... Il n'y a plus d'ancre pour nous stabiliser au milieu de ce torrent de larmes qui l'un comme l'autre, nous emporte vers de nouveaux rivages... Vers d'autres amours... On oublie que *« mon je, est un autre moi »* tout simplement...

Finalement, après de longs mois à réfléchir à cette question qui nous rend tous dingues, vous savez la *« Pourquoi tu m'aimes ? ».* J'ai trouvé qu'une seule explication... Et je me suis juré que la prochaine fois que je croiserai cette personne, je lui répondrai exactement et mot à mot ceci, car au fond de moi, c'est la vérité... La seule qui soit et qui a un sens : *« Je t'aime parce que c'est toi... Je t'aime parce que jamais avant quelqu'un avait pris autant de place dans ma vie... En si peu de temps... Je t'aime, parce que dans aucun autre regard que j'ai croisé, je ne me suis senti aussi vivant et important pour quelqu'un... Je t'aime parce que tu as été, es et restera cette éternelle évidence que j'ai tant cherchée... Trouvé... Perdue... Je t'aime tout simplement parce que tu es tout ce que je ne serai jamais sans toi... À savoir un homme entier... Un tout... »*

Rapiécer les souvenirs, les émotions, les rêves et les envies de bonheur comme on tente de rapiécer une chaussette n'est pas la même chose... Car dès qu'on essaie de consolider un fil de souvenir, inévitablement on en remonte à plusieurs autres... Avec le temps on comprend que la plus belle preuve d'amour est de laisser s'envoler cet autre moi, parce que c'est sa décision. Ça brise le cœur, c'est une évidence... Bien sûr que l'on souhaiterait garder à soi et contre son gré cet amour... Mais c'est bien là toute la dualité de la circonstance... Aimer c'est vouloir le bonheur de l'autre... On n'est pas heureux, quand on est enfermé dans une prison... Et pour l'heure, nous sommes nous-mêmes prisonniers de notre propre souffrance. Un peu comme une montgolfière qui rêverait de s'envoler rejoindre les nuages, mais dont les cordages et les sacs de sable retiennent au sol, contre son gré... Il faut couper les cordages, un à un et lester la nacelle... C'est à ce seul prix qu'on avance, et que l'on se libère de nos souffrances... Comprendre quelle serait la définition du bonheur pour cet autre paraît dérisoire, mais au fond, oui qu'elle est votre définition du bonheur ?! Quel est le bonheur selon Maxym ? Anaïs ?! Angela ? Mickael ?!

Si vous n'avez pas la réponse... Et que malgré ce temps passé à réfléchir vous devriez rendre une feuille blanche à cette question qui nous est pourtant si personnelle... Laissez-moi alors vous dire... Que votre vie ressemblera invariablement à cette feuille blanche... Elle sera vide... Sans mot... Et sans réponse... Et que vous resterez au sol comme la montgolfière... C'est à nous, à vous d'écrire sa propre histoire. Et si vous n'avez pas encore les mots pour le faire, c'est qu'alors, vous n'avez pas vraiment aimé...

SCÈNE 11 : ARROSER SA PLANTE

(Elle est assise sur une chaise... La scène est dans l'obscurité, il y a juste une lumière qui est braquée sur Elle... C'est le centre d'attention).

Si les sites de rencontres étaient uniquement une place pour célibataires, cela se saurait depuis longtemps... Et bizarrement, j'ai plus souvent croisé le chemin de personne en couple sur ce genre de sites que de personnes réellement seules... C'est devenu tellement simple, pour quelqu'un en couple de se payer du bon temps, sans que l'autre ne s'en rende compte... Le portable est vraiment une belle invention... Il vous relie au premier morceau de viande à porter de votre antenne... Et nous, la solitude aidant, nous sommes prêts à croire qu'un sourire, une attention et une jolie phrase est une invitation à une belle romance... Sauf que voilà... Il y a cet autre, que je ne suis pas, et qui partage la vie de mon coup de cœur... Rapidement, je deviens l'ombre de sa présence... Je crois, même que je peux remplacer cette personne... À tort ou à raison, c'est mon cœur que je mets entre parenthèses et que je mutile à attendre un signe de vie, ou un SMS de sa part... Je pense encore contrôler les choses, avoir mon libre arbitre, mais je suis déjà mordue, par cet amour impossible... Mes ami(e) s ont beau essayer de me le dire, je ne les écoute pas...

Que savent-ils de cet homme merveilleux, qui me rend si heureuse, et qui l'espace de quelques heures me rappelle que j'existe... De cet homme, pour qui j'ai le courage de me lever le matin et de me faire belle, pour simplement l'attendre, car au fond de moi, je sais qu'il viendra me faire une surprise à n'importe quel moment, alors je me dois d'être à sa disposition et présentable... Même si je sais, que cet instant que j'aurai attendu toute la journée ne durera que quelques minutes...

Les jours passent, et je suis l'autre, celle que l'on vient voir, en cachette... À qui l'on offre des fleurs, ou des chocolats, parfois un bijou, pour se faire pardonner de l'absence... Je suis cette autre, que l'on ne respecte pas... La bonne amie de service, la confidente toujours disponible, nuit et jour, car ayant mis sa vie sur pause à son bon vouloir. Ma seule erreur, je m'en aperçois avec le temps, a été de lui accorder l'importance qu'il n'a pas avec elle. Je soigne ses pleurs, je mets des couleurs sur ses peines. En échange, il illumine mes rides, qui sur mon visage se font chaque jour plus profondes... Quand il l'a décidé, il sait que j'existe... Il me couvre alors, de tendresses et de mille baisers... Il sait me faire plaisir, car un sourire de lui vaut mille et une nuits d'errances à l'attendre... À l'imaginer dans les bras de cette rivale qui chaque jour se fait plus pesante... Il vient toujours avec un joli bouquet de roses qu'il aura acheté au coin de la rue avec des espèces et une boîte de chocolat... Le rituel est précis et rodé, presque minuté... Nous parlons, je lui sers un thé. Il me raconte sa journée, ses problèmes dans son couple, ses enfants… Il me dit qu'il ne peut pas partir, car ils sont encore jeunes et ont besoin de lui… J'admire son courage et son dévouement… Il ouvre la boîte de chocolat… Attise mon désir, avec et jouant à les faire rouler sur mes joues et mes lèvres… Il me demande ce que je fais ce soir, car il a terriblement envie que nous allions dîner dans ce restaurant chinois très discret à quelques pâtés de maisons de là… Il me dit, comme cette chanson, que je suis belle et qu'il n'attendait que moi… Me mets milles et une images dans la tête, en me parlant de ce futur très proche dans lequel, nous serons ensembles. Que nous voyagerons, loin de la grisaille et de nos vies, que nous n'aurons plus besoin de nous cacher. Qu'il est bien désolé que je sois seule chaque soir… Et moi je le crois, car après tout il me donne tant de preuves de sa tendresse.

Aujourd'hui, c'est notre anniversaire. Cela va faire tout juste quinze ans que nous « *sommes* » ensemble. Ses enfants ont grandi, ils ont quitté la maison… Il en est très fier. Il me dit que je ne peux pas comprendre ces choses-là, car je n'ai pas eu cette fabuleuse chance d'en avoir… Je viens tout juste d'avoir 47 ans il y a quelques jours… Il a oublié ce détail, mais n'a pas oublié notre rendez-vous. Le rituel protocolaire est toujours de mise malgré les années. Sauf qu'à présent, ses problèmes avec sa femme sont d'ordres médicaux, il ne peut pas la quitter dans cet état… Nous parlons, devant notre tasse de thé, je reste silencieuse, il caresse mes cheveux, ma joue… Il n'y a plus de chocolat, car il a du diabète à présent… On doit donc se contenter des pâtes de fruits... Nous ne sommes jamais allés dans ce charmant restaurant chinois ensemble, à la place maintenant se trouve un Mc Donald, mais il ne mange pas ce genre de nourriture. Alors il me promet de passer la soirée ici et que nous mangerons devant un film, tous les deux... Ensemble... Que nous nous ferons livrer par un traiteur chinois...

SCÈNE 12 : CUSTOMISER

Dans le monde des sentiments, il y a une vérité universelle ! Et quoi que l'on fasse ou pense... Elle se vérifie toujours... Cette vérité ne tient à rien d'autre qu'au fait qu'on désire toujours ce que l'on n'a pas, et une fois qu'on l'a... La valeur que l'on attribuait à cette *« chose »* décroît.

Ainsi, dans ce cercle sans fin qui nous est dicté par notre besoin de tout consommer ou contrôler, y compris les êtres humains, que nous avons traqués et qui sont au choix, des *« valeurs refuge »* ou en désespoir de cause, des *« low-cost »*, parce que c'est bien les seules personnes au fond qui voudront de nous tel que nous sommes...

C'est généralement c'est au bout des 15 premiers jours que notre caractère véritable reprend le dessus, et que commence la valse des conseils en tout genre à l'autre...

« Non tu devrais mettre tes cheveux, comme cela » ou encore *« Cette chemise te va mieux, mais faudrait vraiment qu'on aille faire les boutiques, car franchement tu n'as rien à te mettre... »*.

Voilà les mots sont posés... En plus de ne plus être officieusement célibataires, nous sommes avec un coach vestimentaire. Comme quoi M6 a vraiment réussi à rendre populaire l'impopulaire...

La première étape de cette vaste arnaque commence dès le premier rendez-vous... Vous vous souvenez ce rendez-vous où vous êtes arrivé en sueurs... Mal coiffé... Le rendez-vous auquel vous n'aviez absolument aucune envie d'aller et qui pourtant... C'est révélé être le plus intéressant de ces longs mois de solitude...

On ne comprend pas ou on n'accepte pas que les goûts puissent être différents et qu'avant la rencontre nous ayons une vie... Une vie qui continue pendant la relation, et qui se poursuivra après. On veut toujours avoir le contrôle sur l'autre, parce qu'au fond il faut bien l'avouer on ne l'a pas sur sois.

Alors on décide, de comment l'autre devra s'habiller, quelles devront être ses attitudes en public, comment il devra se comporter ou parler... On le conditionne à son univers personnel. Parfois on en a tellement honte que ne le présentera jamais à personne, ni amis ou famille...

On dit que le chien ressemble à son maître. Parfois quand je vois mes amis en couple, je me dis que l'homme ou la femme est comme un animal domestiqué par son conjoint...

SCÈNE 13 : COMPENSER

Alors après tout ce temps et toute cette masse de frustrations accumulées ! Arrive notre envie de vous sortir de ce cercle vicieux qui vous ronge un peu plus... Le problème c'est justement que vos problèmes quelque part vous occupent l'esprit un peu comme une drogue... En moins nocif, quoique... alors lentement vous avez sombré dans une dépendance quelque conque. Et bizarrement les mauvaises habitudes s'implantent très silencieusement et doucement... Et une fois là, elles ne vous quittent que très difficilement...

Moi par exemple, je n'ai pas peur de vous avouer que lors de ma dernière rupture, je me suis plongé corps et âme dans un sport, qui devrait être une discipline olympique ! La première c'est : Manger ! J'excellai dans cette discipline, j'étais même très bon ! C'est simple je suis passé de 68 kg à 120 en six mois de temps ! Bon aujourd'hui ; j'ai tout perdu ! La deuxième discipline demande plus de travail que la première, mais là aussi je suis très vite devenu très bon ! Avant j'étais toujours par mont et par vaux ! Mais du jour au lendemain, j'étais à un seul endroit : le canapé !

Seulement voilà pour passer à autre chose il faut s'occuper à de nouvelles... Et la disette ne vous donne guère de possibilité de fun ! Tous vos amis vous disent qu'il est temps de tourner la page et de vous consacrer à autre chose... Voir de nouvelles têtes sortir, rencontrer quelqu'un... voilà les mots sont lâchés : rencontrer quelqu'un... Vous pensez donc que les sites de rencontres vont vous occuper l'esprit ? Ah c'est sûr qu'ils le feront avec tous les énergumènes qu'il y a dessus, nul doute que vous aurez de quoi remplir vos soirées de longues discussions et de « *date* » en tout genre ! En six mois, vous pouvez prétendre à passer votre Master de Psychiatrie !

La vraie question est de savoir si par chance, vous rencontrez quelqu'un sur un site de rencontres, combien de temps cela va durer. Vous vous souvenez des statistiques ? 18 mois !! Commencez déjà à recharger l'appareil photo, car il va vite falloir vous en fabriquer des souvenirs que vous vous empresserez de publier sur votre mur à illusions...

Alors évidemment cette course effrénée à la rencontre ne va concerner qu'une frange très faible d'entre nous... Pour les autres non fiers de vous dire que vous n'avez besoin de personne dans votre vie, vous allez compenser le manque flagrant d'affection par autre chose... Certains/certaines iront se perdre dans leur travail (moi) tandis que d'autres fuiront la contrainte du quotidien pour se retrouver dans celui des loisirs sans attaches et sans routine... On les retrouve investis de toutes les missions humanitaires pour donner à d'autres ce qu'ils n'ont pas : une once d'attention et de tendresse...

Et puis progressivement, à force de vous consacrer aux autres et à vos nouvelles activités, vous ne penserez plus à ce sentiment futile de fusion. Internet vous reliant au monde, il a réussi à nous inventer des discussions et des amis à la demande ! Quand vous voulez parler hop on va sur un site ou sur Facebook ! Quand quelqu'un vous gonfle hop on bloque ! Ah vous le faite pas ça ?

On trouve, tous les prétextes pour compenser le manque et l'absence... Jusqu'à chercher dans le regard d'un autre celui que l'on a perdu... Retrouver des habitudes, des gestes ou des mots... Mais en fait nous le savons bien, nous nous mentons, en disant que nous sommes heureux comme ça... Que ce n'est pas nous, qui avons un problème, mais le monde qui nous entoure ! Et puis, on commence à taquiner le Nutella, à l'étaler sur des biscottes et dans tous les moments de la journée et souvent de la nuit, il devient notre compagnon.

On se cache pour mieux pleurer, on mange pour se déculpabiliser, et progressivement les kilos deviennent notre carapace et notre seul rempart pour ne plus souffrir...

Ne plus souffrir voilà le terme est lâché... Parce que parmi nous se cache sous leurs apparences froides de vrais sentimentaux qui mettront parfois des années à oublier les quelques heures/jours/mois de bonheur qu'ils auront vécu... Ils resteront là tapis dans l'ombre, dans l'attente et l'espérance de cet autre qui nous a fuis... Qui reviendra on en est persuadé, et évidemment nous rependra tel que nous sommes, car l'essentiel n'est pas dans le physique, malgré les XX kg emmagasinés, qui ne sont qu'un détail...

Quand on interroge des couples qui sont ensemble depuis 40 ou 60 ans et qu'on leur demande comment ils ont fait pour résister au temps, ils nous répondent simplement : qu'ils sont nés à une époque ou quand les choses étaient cassées, ils les réparaient au lieu de les jeter...

Devant cette cruelle, vérité, je prends conscience, que bien souvent j'ai été cette chose que l'on a mise à la poubelle... J'aurai préféré être recyclé ou réparé...

SCÈNE 14 : SE METTRE AU RÉGIME SEC

Pour beaucoup, la souffrance d'un échec nous pousse à nous isoler, à ne plus croire en rien. Les relations deviendront des contraintes insurmontables à nos existences, et la peur de souffrir à nouveau nous pousse inévitablement à mettre suffisamment de distance entre nous et le reste du monde qui nous entoure...

Après avoir été comme un drogué, par les sentiments et par l'amour dont on nous a abreuvés, on devient anorexique de tout. Les instants de bonheurs sont trop difficiles à digérer, trop difficiles à accepter ils sont suspects, et ne peuvent être vrai... Après tout... Pourquoi aurais-je droit à un peu de bonheur moi aussi ? Ne suis-je pas celui qui a été puni d'avoir aimé ?

Marqué au fer rouge d'un amour qu'on ne peut et surtout qu'on ne veut pas oublier, alors on désire de vivre d'eau fraîche puisqu'on ne peut plus d'amour... On se trouve trop gros, pas assez beau, on se sent mal dans sa peau, tout nous agace, les cheveux, le nez les yeux... Les dents, tout devient prétexte à être un obstacle au bonheur... Ce sentiment si fugace et futile qu'hier encore il nous était facile à avoir sans le quémander... Aujourd'hui, rien n'est plus pareil... On se force à y croire, on veut y croire... Mais c'est plus fort que nous... Les freins, les peurs tout est trop fort... Tout nous rappelle qu'on n'a plus le droit de pleurer de cette manière durant autant de temps, qu'il est impossible qu'on nous aime pour ce que nous sommes...

Alors on se résigne... Les kilos et les peurs ont gagné... Ils ont eu raison de nous et de notre optimisme... On se range sur le côté de la route, on met sa vie sur pause, on devient sans s'en rendre compte à son tour un low cost... Nous ne sommes pas des battants, non nous ont préfèrent attendre qu'ont viennent à notre aide, car c'est obligé... Le seul à qui l'on tient un jour forcément nous revient...

Dans les faits, la réalité est tout autre... À rester sur le bas côté, on laisse filer le temps qui lui, n'a pas arrêté sa course folle... Les années défilent... Sans pourtant qu'on y prête attention... Voilà combien de temps, voilà combien de nuits que tu es repartie ? disait Barbara... On a plus compté... On attend toujours ce retour, sans rien avoir bougé dans la maison témoin, qui est devenue ce musée dédié à notre histoire... Tes t-shirts sont toujours là, pliés à leurs places, à côté des chaussettes... Ton manteau est resté sur la chaise... Parfois, je passe un coup de brosse dessus pour enlever la fine couche de poussière...

Tu es là, car ta photo me sourit. Parfois ont se parlent elle et moi... Tu ne me contredis jamais... La table, toujours dressée pour deux, est un long monologue... Mais les rituels ont la peau dure... le frigo est rempli de ce que tu aimes... Moi il faut dire, que je ne mange plus grand-chose depuis ton départ... Je me contente de boire du thé… C'est bon pour la santé !

Les années ont passé… Combien, je ne saurais le dire… Elles ont été ponctuées par des mails échangés, des disputes, des incompréhensions… Mais jamais personne n'a pris ta place…

SCÈNE 15 : LA RENCONTRE

« Tout ce qui doit arriver arrivera, quels que soient vos efforts pour l'éviter. Tout ce qui ne doit pas arriver n'arrivera pas, quels que soient vos efforts pour l'obtenir. »

Râmana Mahârshi

Beaucoup croient en la fatalité d'un destin, une sorte de grand livre sur lequel tout serait écrit de nos vies... D'autres au contraire, pensent que nous sommes les acteurs de notre destinée, et que celle-ci, de fait, nous délivre toutes les chances nécessaires à notre réalisation.

Je ne sais pas pour vous, mais moi le coup de la destinée, je n'adhère pas trop, même s'il est vrai que pour le coup la phrase de Râmana Mahârshi a un vrai sens vécu... Quoi que l'on fasse pour avoir ce que l'on désire, nous le ratons... Quoi que l'on fasse pour éviter les choses... Nous ratons aussi... Alors cela signifie que toutes nos rencontres sont écrites ? Que toutes les personnes que le destin met sur notre route ont une raison précise ? Si tout est écrit par avance, c'est qu'il doit y avoir une leçon à comprendre à tout cela... Un sens... L'univers a horreur du vide... L'Humanité aussi... C'est d'ailleurs, pour combler ce grand espace qui nous oppresse, répondre à toutes ces interrogations qui nous sont encore sont réponse, que nous avons inventé Dieu... Ce Dieu, rédempteur, auquel nous adressons toutes nos prières, toutes nos attentes, toutes nos craintes et nos peurs... Mais si au final, le ciel était vide ? Que toutes nos prières n'atteignaient personne ? Cela aussi, je ne peux m'y résoudre...

Je me souviens, de ces merveilleuses semaines, à parler sur un site de rencontres, puis ensuite sur Feu MSN, toutes ces musiques, ces émotions... Et je ne peux me résoudre, à croire que tout cela puisse avoir été écrit à l'avance... Que ce que j'ai vécu n'était pas de mon propre chef... Que cela puisse être les émotions d'un Dieu, où que sais-je qui écrit ce grand livre du destin... Cela me semble si inconcevable... Si improbable que nous ne puissions être dotés de cette merveilleuse capacité à aimer, ressentir des émotions fortes et intenses...

Je me souviens, parmi tous ces souvenirs, des bribes de phrases, des brides de promesses... En fait ce que je me souviens le plus de cette période, c'est sans contexte les musiques... Ces musiques que j'ai découvertes grâce à cet autre moi... Ces moments d'émotions vécurent antérieurement par cet autre « je ». Je me souviens encore de l'une d'elles, de manière précise... C'est d'ailleurs la BO d'un film qui a connu un énorme succès en 2008... Étrange d'ailleurs, que tout le monde, a une chanson fétiche, qui nous marque et nous permet de ne rien oublier de nos vies...

Je me laisse bercer par cette musique... Comme elle, je

suis serein, et apaisé... J'ai mené mes guerres, elles furent sans succès... Je dépose, ces notes au vent d'un soir de septembre, comme caresse la brise nos visages... Nul arbre ne meure de perdre ses feuilles... Nulle décision ne fait de nous des personnes faibles ou sans envergure... Finalement, en écoutant cette musique, je prends conscience qu'il faut une fin à tout... Et que la vraie victoire réside dans le détachement et le lâcher-prise... Lâcher prise, ce n'est pas se montrer indifférent aux autres, c'est accepter sans pudeur, qu'on ne puisse changer les gens... Que nous sommes tous différents, et que nous ne puissions pas apporter ce bonheur, que parfois d'autres attendent de la vie ou de nous... Accepter cela, c'est déjà gagner sa plus belle victoire sur le destin... Ou sur la fatalité...

Je regarde par la fenêtre la ville s'animer là sous mes pieds... Et je ne peux m'empêcher d'imaginer ce que les gens ressentent, s'ils ont eux aussi des chansons fétiches... S'ils ont connu une rencontre émouvante une fois dans leur vie, qui les a profondément changés... Vous savez, LA rencontre, celle qu'on ne voulait pas faire, de peur d'être déçu, et qui pourtant a été la plus magique de notre vie... Cette rencontre dont on se souvient encore de tous les détails... L'heure, le lieu... Les habits que l'on portait ou celles que portait l'autre personne... Son sourire la première fois, cette petite gêne naturelle... Toutes ces émotions qui nous démontrent qu'au final nous sommes bel et bien humains...

Aujourd'hui encore, je me demande quel était le but de cette rencontre... Je n'aurai jamais la réponse, le destin se garde bien de nous dévoiler cela... Ce que je sais, c'est que c'est elle qui a marqué ma vie...

Nous ne sommes jamais prêts à ces instants de bonheurs, car pour nous il est plus facile de vivre dans l'échec plutôt que de croire que nous avons droit au bonheur nous aussi. Au final, c'est toujours plus facile de regretter que d'agir... D'ailleurs, c'est bien cela qu'on nous reprochera toujours... D'avoir agi... Là où d'autres se seraient contentés de simplement attendre et de ne rien faire. C'est là la vérité... Attendre que tout s'arrange... Attendre que ce soit l'autre qui fasse tout pour nous... Qu'il nous rende heureux, qu'il fasse les sacrifices... On est si égoïste qu'on ne comprend pas qu'un couple est une perpétuelle concession... Aurions-nous au moins le courage un jour de le comprendre ? De l'accepter... Je pense que les couples qui ont réussi à surmonter tous les problèmes de la vie sont les couples qui ont compris, que sans compromis, aucune relation n'était possible en rien...

Comprendre cela est une chose... L'appliquer en est une autre... Finalement, le seul regret que je puisse avoir aujourd'hui... C'est d'avoir voulu agir, et de ne pas avoir agi dans la communication... D'avoir dit pourquoi j'étais malheureux dans cette relation, pourquoi je n'y trouvais pas ma place... M'aurait-on compris ? M'aurait-on écouté ? C'est là le seul regret : celui de ne pas savoir...

Je crois que la morale de cette rencontre, c'est cela… La vie nous montre que nous devons être prêts à chaque instant à accepter des moments de bonheurs simples… Qu'il faut vivre dans le présent, et non dans la projection des fantasmes ! On se perd de croire les étoiles plus proches que nous ne pourrions l'être de l'être cher… Et au final, on se ment… On se perd…

Les routes de l'enfer sont pavées des plus belles attentions… Une rose, une boîte de chocolat… Un caprice… Une relation tient à tout cela… Je l'ai compris que trop tard…

SCÈNE 16 : SOMEONE LIKE YOU (FINAL)

Vous en conviendrez, finalement la recherche du bonheur est un jeu de pistes qui mélange bien d'autres disciplines. Il y a la course d'orientation, le décathlon... La course d'obstacles. Et l'adversaire n'est ni plus ni moins que nous-mêmes. On ne se bat que contre ses souvenirs ou son passé... Ce sentiment de mal-être que nous n'avons pas fait les bonnes choses ou pris les bonnes décisions... La culpabilité de ne pas être à la hauteur, nous enterre chaque jour... Ces photos que l'on a gardées nous rappellent un souvenir figé...

On ne gagne pas forcément à tous les coups, mais la richesse de l'épreuve nous permet de nous dépasser... Et de savoir qui nous sommes vraiment. On grandit dans les yeux d'une autre personne, on se construit de nos erreurs... Encore faut-il le comprendre, et l'accepter...

On avance, en comprenant que parfois une rupture peut être nécessaire pour mieux se retrouver... Parfois, on ne trouve pas la bonne personne, on fuit toujours vers l'avant sans jamais comprendre que ce que l'on cherche est sous notre nez... Souvent enfin, on se ment... On cache nos vrais sentiments, on refuse d'écouter son cœur, au prétexte que l'on a déjà souffert, et pourtant l'évidence du manque et de l'absence est là... La personne perdue est celle que l'on aime, mais notre orgueil nous empêche de retourner vers elle... Nos peurs de vivre encore un échec ou de souffrir nous bloquent, là où l'évidence nous conduit...

La quête du bonheur est une équation délicate... Mais au fond de nous, nous rêvons tous à ce bonheur simple, d'une vie à deux... Sauf que nous sommes incapables, tout comme je l'étais, de recycler le quotidien pour éviter qu'il ne devienne une routine lancinante et ennuyeuse... Parfois, on refuse aussi l'évidence : le bonheur peut exister ailleurs qu'au coin de la rue, même si on aspire tous à ça...

Les sites de rencontres ne doivent pas être une fin en soi, mais juste un outil, pour nous faire prendre conscience que nous ne sommes pas seuls, à vivre du manque... Certes, l'honnêteté n'est pas la qualité première... La franchise non plus, car depuis que le sexe est devenu facile à avoir, maintenant vous avez compris que l'amour lui, se fait plus rare à trouver... On ne doit pas se travestir sous de faux airs en y allant... S'inventer une vie que l'on n'a pas... C'est en étant naturel, honnête et détaché qu'arrive l'impossible... Un sourire, un échange... Un coup de fil. Une soirée à regarder les étoiles... La fin de mon histoire se termine bien... Parce qu'avec le temps, j'ai appris à ne plus rien attendre, de l'autre que je ne puisse lui donner... Parce que j'ai compris, que ce n'est pas en contemplant le passé et en l'idéalisant qu'on avance ! Que tout se joue, ici et maintenant... Il m'arrive parfois de croiser ton visage sur des sites de rencontres... De relire nos mails, où tu me disais que tu n'étais pas en phase avec le monde qui t'entoure, que tu fais semblant... je te vois triste... Je le suis aussi...

Qu'importe, si nous devons trébucher... Si nous devons tomber... Car nos amis, ces fidèles repères seront toujours là pour nous relever et nous montrer le chemin... Il n'y a pas d'amour heureux... Mais le bonheur existe, il est contenu dans des petites attentions, des gestes... Un regard complice, qui nous réveille... Un sourire échangé... Une main qui tente de vous frôler... L'attente d'un baiser à la sortie d'un premier rendez-vous qui n'arrive pas, alors qu'on en meurt d'envie...

À toi, qui as partagé ma vie pendant ces quelques mois, je lègue ces dernières lignes, comme gage de ma reconnaissance... Car avant toi, je ne savais pas aimer...

Peut-être que finalement nos anciens avaient le secret de la longévité d'un couple... Toujours réparer, au lieu de systématiquement jeter quand quelque chose se casse... Ne jamais rester sur un non dit, toujours s'intéresser à l'autre, en être son équipier...

J'ai de la chance finalement de t'avoir un jour trouvé, sur le cherche-love.com ! Et nous avons cette chance, de chaque jour croire, que nous ferrons mieux qu'hier, tant que nous aurons la certitude, de faire les choses à 100 % maintenant... J'ai confiance au futur, car pour nous le meilleur est à venir...

Achevé d'imprimer en Octobre 2013

Imprimé en France par :
SARL Evidence
26 Rue Clément Ader
94 420 Le plessis Trevisse

Numéro Imprimeur : 3321

Editions Rhéartis

http://www.editions-rheartis.fr

www.ingramcontent.com/pod-product-compliance
Lightning Source LLC
Chambersburg PA
CBHW051306170626
46809CB00004B/1784